SUITE EN DO MINEUR

DU MÊME AUTEUR

ROMANS

LES BAINS DE KIRALY
Sabine Wespieser éditeur, 2008

DE LAIT ET DE MIEL
Sabine Wespieser éditeur, 2010

SIMON WEBER
Sabine Wespieser éditeur, 2012

SEPTEMBRE
Gallimard, 2015

LE BLEU DU LAC
Sabine Wespieser éditeur, 2018 ; Points, 2019

UNE VUE EXCEPTIONNELLE
Sabine Wespieser éditeur, 2019 ; Points, 2020

ESSAI

DE LA PERTE ET D'AUTRES BONHEURS
Gallimard, coll. « Connaissance de l'inconscient », 2016

JEAN MATTERN

SUITE EN DO MINEUR

roman

SABINE WESPIESER ÉDITEUR
13, RUE DE L'ABBÉ-GRÉGOIRE, PARIS VI
2021

À tous ceux qui m'ont fait cadeau
des mots et de la musique

Deep within the corners of my mind
I keep a memory of your face
And I only pull it out
When I long for your embrace

MELODY GARDOT

Luth, compagnon de ma calamité
De mes soupirs témoin irréprochable,
De mes ennuis contrôleur véritable,
Tu as souvent avec moi lamenté

LOUISE LABÉ
Sonnet XII

DIEU SAIT QUE je n'avais pas envie de ce voyage, et si j'étais d'humeur à plaisanter je dirais qu'Il l'a mal pris, car maintenant je le rencontre à tous les coins de rue, ou plutôt ses exégètes, Il est partout dans cette ville à travers eux, impossible d'éviter la religion ici, c'est une punition en règle, ces hommes en noir croisés tous les cinq mètres, qui se chargent de me rappeler à quel enfer j'ai échappé quand mes arrière-grands-parents ont quitté Rohatyn, dire que sans leur rêve américain avorté je serais peut-être affublé comme ces ultra-orthodoxes convaincus de faire advenir le Messie en se conformant à tous les commandements, 613 *mitsvot*, me dit-on, mais je ne veux même pas savoir et je constate seulement que je suis perdu dans les rues de ce quartier et quand j'ai demandé mon chemin, cet homme m'a juste répondu que je me trouvais à Nahlaot comme si cela devait me dire quelque chose, comme si j'étais à la recherche de je ne sais quoi, alors que je suis seulement tenté de maudire Émile qui a eu l'idée de ce voyage pour mes cinquante ans, quel cadeau empoisonné. Je maudis tout autant ma propre lâcheté, j'aurais dû lui tenir tête et refuser sa générosité, et lui aurait dû savoir que ce périple minutieusement organisé ne me ferait pas plaisir, je déteste plus que tout la collectivité, même si notre guide est loin d'être idiote je n'ai pas pu m'empêcher de les planter là, elle et tout le groupe, quelle idée de visiter un marché, qu'il s'appelle Mahané Yehouda ou autre chose, l'idée était de nous offrir *un changement d'ambiance* après la visite de la vieille ville, mais ça reste un endroit où on fait ses courses, j'ai trouvé ça ridicule d'y déambuler en touriste, la situation était obscène, quelle autre solution avais-je que de m'enfuir ? Sans oublier, si je suis honnête avec moi-même, qu'une image toute différente tournait en boucle devant mes yeux, aussi les étals de houmous ou d'épices m'étaient bien indifférents, hélas je suis parti dans la mauvaise direction et au lieu d'arpenter à nouveau les ruelles de la vieille ville pour retourner *sur les lieux*, j'erre dans ce quartier qui semble fait de cours et d'arrière-cours plutôt que de rues, on passe de l'une à l'autre en montant ou en descendant quelques marches et mon sens de l'orientation ne réagit déjà plus depuis longtemps, et si jamais c'était vraiment *elle* je n'ai plus aucune chance de la retrouver, de toute façon cela aurait été une aiguille dans une botte de foin, et sans être certain de ce que j'ai vu, ou *qui* plutôt, l'affaire était largement compromise. J'espère que j'ai gardé l'itinéraire dans mon sac à dos, celui qu'Émile m'a offert en plus des billets d'avion, qu'il serve à quelque chose au moins, car il était censé compléter la parfaite panoplie du voyageur, sauf je ne l'ai jamais été, ni voyageur ni parfait, mais la pochette contenant toutes les informations devrait y être, pour que je retrouve l'hôtel, car, pour le reste, ce serait un miracle et je n'y crois pas, même et surtout pas ici à Jérusalem où la moitié des touristes se prennent pour Jésus, Mohamed ou un autre prophète, d'après notre guide ça s'appelle le syndrome de Jérusalem, à l'instar de celui de Stendhal à Florence, mais je n'ai jamais aimé Stendhal non plus, je préférerais trouver la sortie de ce dédale où les écoles religieuses semblent plus nombreuses que les maisons d'habitation, plutôt que de réfléchir à la sainteté de cette ville qui ne signifiait pas grand-chose pour moi avant d'ouvrir cette enveloppe, juste après avoir soufflé les bougies plantées sur le fraisier de circonstance, mais en attendant j'y suis malgré moi et ce serait bien de retrouver mon chemin avant la tombée de la nuit.

Si jamais cette adresse n'est pas dans le sac à dos il faudra que je me débrouille pour retrouver le nom de notre hôtel – lequel est magnifique d'ailleurs, je dois reconnaître, construit dans les années 30 dans un style syncrétique censé représenter toutes les traditions de la ville trois fois sainte, toutefois l'esprit œcuménique du lieu n'y faisait rien, ce matin je n'avais pas envie d'être là, dans ce hall tout en voûtes et orné de mosaïques, la beauté ne rachète pas la bêtise et toute cette situation était pathétique, des inconnus souriant bêtement avec qui je m'apprêtais à partager la journée, la semaine même, selon le programme que la jeune guide était en train de détailler, alors que je n'avais pas choisi d'être à Jérusalem, et encore moins de faire partie d'un voyage organisé, fût-il composé de gens cultivés et bien élevés, mené par une jeune femme charmante et compétente, à qui je vais devoir expliquer un peu plus tard pourquoi je me suis échappé du groupe dès le premier jour, comme excuse ça sonne peu crédible de lui dire que j'ai cru apercevoir *une vieille connaissance* au milieu d'autres pèlerins, près de l'hospice autrichien situé sur cette fichue Via Dolorosa dont notre guide, justement, venait de nous expliquer avec une prudence infinie, pour ne vexer personne, qu'il était peu probable que Jésus soit réellement passé par là, quand cet autre peloton nous doublait, suivant un prêtre en soutane portant une croix en bois sur le dos, et que son profil accrocha mon regard : des pommettes hautes sous un œil clair, je ne vis pas grand-chose sous ce chapeau à large bord, mais sans doute était-ce autant le port de tête que cette moitié de visage qui ont ramené au présent cette première fois où je l'avais vue, de biais aussi, dans la bibliothèque de la Sorbonne. Madeleine. Trois semaines de bonheur et vingt-six ans de je ne sais pas quoi au juste, en tout cas je n'avais pas besoin de ça, si je retrouve l'hôtel je crois que je vais me précipiter directement à l'aéroport et prendre le premier vol de retour, sans même revoir la guide et ce groupe de touristes qui m'indiffèrent, mais non sans avoir appelé Émile pour lui faire comprendre que ce voyage était une très mauvaise idée, surtout si je commence à voir des fantômes du passé, je n'en suis pas encore au point de me prendre pour un prophète, mais je n'arrive pas à m'enlever de la tête que c'était elle, et je sais que cela ne tient pas debout, de telles coïncidences n'existent pas, toute cette hystérie ambiante a dû me porter sur le système.

Pourtant j'avais fait la paix avec l'idée de ne jamais la revoir, pourquoi alors cette brûlure, sans raison ni logique, une silhouette qui envahit mon champ de vision sans crier gare et qui devient la seule chose que je vois, sans possibilité d'y échapper, la conviction immédiate que *c'est elle*, comme si je l'avais reconnue avec certitude alors que mon esprit naviguait au large, en écoutant vaguement notre guide, mais l'image avait déjà pris toute la place en effaçant le reste. Je n'entendais plus rien non plus, incapable de réagir, de bouger, j'aurais dû lui courir après, suivre son groupe de pèlerins plutôt que me laisser envahir par le doute aussitôt, comme une deuxième brûlure, ne plus être sûr de ce que j'ai vu, c'était si furtif, la certitude est devenue interrogation en quelques minutes et elle ne m'a pas quitté de la journée, une fois qu'elle s'était frayé un chemin dans ma tête, mais comment ne pas se fier à ce premier instinct, la conviction que c'était bien elle, l'être aimé perdu de vue depuis si longtemps dont je ne savais toujours pas si je voulais l'oublier à tout prix, l'oblitérer de mes pensées et la chasser de mes rêves ou au contraire la mettre sous cloche, afin de la conserver intacte dans le musée de ma mémoire, et maintenant je ne sais plus si c'était elle, tout à l'heure j'avançais machinalement en suivant notre guide sans faire attention à l'endroit où je me trouvais, en proie au doute, de plus en confus, jusqu'à faire demi-tour sans réfléchir sous le coup d'une impulsion irrépressible, sans prévenir non plus, au milieu de ce marché, l'envie de retourner sur place était si forte que je ne voyais pas comment faire autrement, et maintenant je suis sûr que c'était elle, la seule question est de savoir ce que je vais faire de la réapparition – vingt-trois ans après l'avoir vue pour la dernière fois dans les rues de Sète – de l'amour de ma vie.

Je ne pouvais pas arrêter de la regarder. Nous n'étions plus très nombreux à travailler en bibliothèque, les examens étaient terminés depuis quelques jours, sans doute restait-il des oraux à passer pour les agrégatifs, mais pour l'essentiel les doctorants se retrouvaient entre eux dans une ambiance qui devait ressembler à l'arrière-saison dans certaines stations balnéaires. C'est ainsi, en tout cas, que j'imaginais ces endroits que je n'avais jamais fréquentés ni pendant ni après la saison estivale, seules de brèves excursions à Étretat et à Cabourg m'avaient permis de voir la mer, pourtant je suis certain que c'est bien cette image qui m'a traversé l'esprit ce matin-là, avant de m'asseoir au bout d'une des grandes tables près de la fenêtre, et en ouvrant mes cahiers et mes notes. Madeleine – je ne connaissais pas encore son prénom – s'installa trente minutes après moi, un peu en biais de ma chaise, me dévisagea en arrivant. Un demi-sourire aux lèvres, me sembla-t-il. Juste un signe de son assurance naturelle, ou fallait-il voir un brin de provocation dans ses yeux ? Je l'avais déjà aperçue plusieurs fois dans la bibliothèque, mais jamais encore elle ne s'était trouvée si près de moi. Elle se mit à travailler, je la vis lire, prendre des notes, souligner et pas une fois elle ne leva les yeux vers moi. Heureusement d'ailleurs, car elle se serait vite rendu compte à quel point j'avais du mal à me concentrer sur Louise Labé, en me tournant vers elle toutes les vingt secondes. Je parvins néanmoins à rester à ma place, à faire semblant. Quand l'heure du déjeuner approcha, je rassemblai mes affaires. Du coin de l'œil, je vis qu'elle faisait de même. Il me suffit de ralentir un peu le pas pour qu'elle puisse me rattraper dans le grand escalier. Et là encore, je ne vis que cela : son port de tête, sa façon de se tenir, ce sourire. Tout en elle me donnait envie de cette liberté que je ne possédais pas.

Elle avait deux places pour *Hair*, le soir même. J'avais vu les affiches en passant devant le Théâtre de la Porte-Saint-Martin, mais je savais à peine de quoi il s'agissait. De toute façon, je n'avais jamais mis les pieds dans un théâtre. J'étais pétrifié, et parvins à articuler seulement « Ça tombe bien, j'habite à côté », pour me sentir comme un idiot aussitôt après.

Nous étions le 30 juin 1969. Paris commençait à se vider, tout comme la bibliothèque de la Sorbonne. Et j'avais rendez-vous avec une jeune femme dont je ne connaissais que le prénom et le port de tête souverain qui me mettait le cœur à l'envers. Ma première fois au théâtre, et le premier soir d'une nouvelle vie : je ressentais un étrange flottement mêlé à de l'anxiété en faisant les cent pas à l'ombre de la porte Saint-Martin. Je m'étais changé trois fois avant de descendre de mon petit appartement de la rue René-Boulanger, car comment s'habiller pour l'occasion ? Je n'en avais pas la moindre idée. Un opéra-rock hippie, cela voulait dire quoi au juste ? Comment me comporter pour qu'elle ne me prenne pas pour le puceau mal dégrossi que j'étais ? Je ne savais encore rien d'elle, mais ces quelques minutes de conversation dans la cour d'honneur de la Sorbonne m'avaient convaincu que son aisance dans le monde ne laissait guère de doute sur le fait que son éducation ne devait en rien ressembler à la mienne. Si mes parents n'avaient pas attrapé froid pendant l'hiver 56, et s'ils n'étaient pas morts tous les deux de ce simple *coup de froid* qui s'était mué en mauvaise grippe puis en pneumonie, mon père d'abord, ma mère ensuite, je ne me serais peut-être pas retrouvé aussi démuni même treize ans plus tard. Je ne me serais pas senti, ce soir-là en l'attendant, plus orphelin que jamais. Mais ces vagues de tristesse qui nous frappent dans les moments les moins appropriés, c'est peut-être cela, le deuil. J'avais réussi à traverser mon adolescence en conservant un semblant de pragmatisme et de raison, mais, là, j'étais tout à coup submergé par l'envie absurde de présenter Madeleine à ma mère. Mes parents, j'avais préféré y penser le moins possible pendant toutes ces années. Leur épicerie fine rue du Château-d'Eau, l'appartement juste à l'étage au-dessus, l'hiver 1956, les médecins, l'hôpital, leur mort à trois semaines d'intervalle, les foyers pour mon petit frère Maurice et moi, tout cela s'était déposé dans ma mémoire comme un bloc compact auquel je ne voulais pas toucher. Sans doute pour ne pas réveiller ce sentiment d'abandon et de colère devant les promesses non tenues, ces assurances que personne n'allait mourir, que tout s'arrangerait. Aujourd'hui encore, je serre le poing quand j'entends ces mots. *Tout ira bien*. Il n'en a rien été pour moi, pour nous deux. Quand mon père est parti à l'hôpital, ma mère parvint encore à nous en convaincre, en nous serrant dans ses bras. Lorsque trois semaines plus tard, alors qu'il venait de prendre la décision d'hospitaliser ma mère à son tour, le médecin de famille employa les mêmes mots pour nous consoler, Maurice et moi, je savais qu'il nous mentait. Il eut le courage de revenir nous annoncer sa mort lui-même, et il ne dit plus que tout irait bien. Seulement que je devais être courageux et de veiller sur mon petit frère. Alors je me raccrochai à la nécessité de m'occuper de Maurice d'abord, de parler pour nous deux quand les assistantes sociales devaient nous trouver une nouvelle famille d'accueil. J'étais l'aîné après tout, même si ce n'était que de quelques mois, et Maurice faisait les quatre cents coups… ne se pliait pas à la discipline aussi facilement que moi. J'avais beau être encore un enfant, j'avais retenu la leçon : personne ne nous viendrait en aide si je ne parvenais pas à nous protéger. Il s'agissait d'avancer, je l'avais promis à ma mère, à ce médecin, et je m'y employais, jour après après, semaine après semaine, je n'allais pas trahir moi aussi, j'allais nous sortir de là. Mais quelques années plus tard, quand Maurice a été secouru par un ancien fournisseur de mes parents qui lui proposa un poste d'apprenti dans une maison de Champagne et partit vivre à Bar-sur-Aube, tout changea entre nous. Notre relation s'était tissée difficilement, dans le silence et le deuil, deux frères ballottés entre familles d'accueil et foyers, puis séparés. Maurice à Bar-sur-Aube, c'était un soulagement pour moi. J'avais endossé la responsabilité symbolique du grand frère alors que nous n'avions que dix-huit mois d'écart et que j'étais évidemment incapable de prendre soin de lui. Savoir que Maurice était à l'abri et apprenait un métier me soulageait d'un poids que je n'avais plus envie de porter. Nous étions loin l'un de l'autre, mais, dans le fond, je n'en étais pas mécontent. Je voulais vivre ma vie, ou au moins découvrir si j'en aurais une qui en vaille la peine, et Maurice, malgré son jeune âge, le sentit : j'étais heureux d'être libre. Je faisais mes études à Paris, lui apprenait tout sur le champagne à Bar-sur-Aube. Le lendemain de son vingt et unième anniversaire, notre tuteur m'apprit que nos parents nous avaient laissé une somme substancielle. Ce legs faisait de Maurice un prétendant plus respectable – il était tombé amoureux de Catherine, la nièce du patron, et voulait fonder une famille avec elle. Pour moi, cet argent tombé du ciel m'offrit l'opportunité de m'installer dans un petit deux-pièces derrière la porte Saint-Martin. À un jet de pierre du magasin de mes parents, qui avaient sans doute mis tout cet argent de côté avec une autre idée en tête, sans imaginer qu'il servirait de bouée de sauvetage à leurs garçons devenus orphelins. Maurice pensait déjà à s'associer, prendre des parts dans la société, son héritage lui servirait à cela. Pour moi, sans loyer à payer, une thèse sur la poésie de Louise Labé devenait possible, et cela avait suffi à mon horizon. Jusqu'à la brève rencontre avec Madeleine. Je la connaissais à peine, mais je voulais croire que mon avenir s'ouvrait d'un coup. Pourquoi alors me laisser envahir par un sentiment de détresse que j'avais réussi à maîtriser pendant tout ce temps, mais qui me faisait trembler maintenant ? Le chagrin et l'excitation ne s'excluent-ils pas mutuellement ?

À cinq minutes du début de la représentation, Madeleine surgit devant moi, hors d'haleine, et sans autre formalité, me tira par le bras en lançant : « Quelque chose ne va pas ? Tu es tout blanc. » Et sans attendre ma réponse : « Allez, viens. Ça va nous changer les idées. »

J'AI RÉUSSI À SORTIR de ce quartier à la topographie indéchiffrable, à repasser par l'hôtel pour m'excuser auprès de la guide et à retrouver le chemin de la vieille ville, même si mes pensées sont ailleurs et que la bibliothèque de la Sorbonne et le Théâtre de la Porte-Saint-Martin me paraissent plus réels que le mur occidental du Second Temple et la porte de Jaffa. Je suis presque fier de mon exploit. J'ai aussi retenu qu'il faut dire « Kotel » et non pas « mur des Lamentations », mais, pour le reste, je me demande surtout pourquoi cette ville réveille tous mes regrets, tous ces souvenirs que je croyais enfouis. J'étais censé profiter d'un voyage affublé du qualificatif de *culturel* pour fêter *un anniversaire spécial*, encore que j'ignore ce que ces cinquante ans ont de particulier, tout le monde autour de la table semblait pourtant tomber d'accord sur cette expression quand j'ai soufflé mes bougies et ouvert l'enveloppe pour découvrir les billets d'avion et la réservation, offerts par Émile, qui m'ont catapulté ici, à ne pas savoir que faire de moi, de cette agitation et de ces questions qui m'assaillent autant que ce dédale de rues m'oppresse, tout à l'heure c'était le quartier qu'on appelle Nahlaot, où je passais de cour en cour et où j'ai fini par comprendre que la plupart des bâtiments abritaient des *yeshivots*, des écoles religieuses où les garçons et les hommes étudient toute la journée, et maintenant je me suis à nouveau égaré dans le labyrinthe de la vieille ville derrière les remparts, j'ai dit à notre guide que je préférerais me promener encore un peu au lieu de rester à l'hôtel et de dîner avec le groupe, pourtant, en dépit des panneaux indiquant la plupart des attractions touristiques, j'ai à nouveau perdu mon chemin, heureusement on croise des commerçant prêts à vous renseigner, même s'ils vous font comprendre très vite qu'ils préféreraient vous vendre une de ces babioles de leurs étals plutôt que de vous indiquer la bonne direction, je m'en suis tiré sans me ruiner malgré tout et j'ai aussi retrouvé l'église Sainte-Anne tout au bout du chemin, presque collée contre les murs d'enceinte de la ville. Je n'aurais jamais imaginé qu'un jour je me dise soulagé de retrouver une église, mais quand on échappe à l'enfer du souk, tout ce monde qui vous bouscule et ce bruit qui vous assomme, cet endroit ici est une oasis de calme, je vais me poser quelques instants et admirer les voûtes romanes, j'ai déjà oublié pour quelle congrégation elle a été construite, en mémoire de qui ou de quoi, malgré la précision imbattable de notre guide, tout ce dont je me souviens est que c'était en sortant d'ici et en remontant la Via Dolorosa, ce matin, que j'ai aperçu Madeleine au milieu de ce groupe de pèlerins, d'ailleurs en venant ici tous mes doutes se sont envolés et je suis absolument certain qu'il s'agissait d'elle, aucune explication ne me semble requise, je crois que dans un procès d'assises on parlerait d'intime conviction, et tout à coup je pense à *Amarilli,* ce madrigal de Caccini, où l'amoureux dit que le doute n'est pas permis, car si on lui ouvrait la poitrine on verrait le nom de son élue *scritto in core*, cette mélodie m'a si souvent apaisé pendant les moments les plus sombres, c'est étrange d'y repenser seulement parce que je *sais* maintenant : l'image que j'ai gardée de Madeleine se confond avec le profil aperçu à quelques mètres d'ici. C'est elle, et le seul doute que je veux bien admettre est de savoir si au bout de trente ans on est encore la même personne, si Madeleine est encore celle qui m'a tout donné, celle qui m'a tout fait perdre, sans sourciller, trois semaines plus tard, celle dont je dirais moi aussi, si j'étais un compositeur du baroque italien, que son nom est inscrit dans mon cœur. Elle revient réveiller cette douleur sans le savoir, ma colère contre elle n'a aucun sens, c'est Émile qui a provoqué ce carambolage avec mon passé en m'offrant ce voyage dont je ne reviendrai pas indemne, c'est certain, il le comprendra quand je lui raconterai que je suis allé me réfugier dans une église pour me mettre à l'abri des bruits du souk autant que de ceux du passé.

CE PREMIER SOIR avec Madeleine, le spectacle sur scène était joyeux, un peu bordélique et bruyant aussi. Vivant. La troupe chantait plutôt bien, et même si je ne connaissais rien en musique, cela me plaisait, j'étais emporté par le rythme, toute cette énergie. Ça parlait de la guerre du Vietnam et d'une bande d'Américains qui refusent d'y aller, d'une histoire d'amour entre un garçon ordinaire et une fille de *la haute* aussi, avec des allusions au sexe dans toutes les chansons ou presque – tout pour me mettre mal à l'aise. Madeleine m'avait projeté sur la lune en me faisant venir dans cette salle de spectacle et je ne savais où donner de la tête. Je n'avais jamais mis les pieds dans un théâtre. Encore moins accompagné par une jeune femme qui m'attirait irrésistiblement. La foule était bigarrée, assez jeune, et elle semblait apprécier *le show*, comme disait Madeleine. « Lui, c'est Julien Clerc », me glissait-elle à l'oreille. J'ignorais ce que j'étais censé faire de cette information qui ne signifiait rien pour moi, mais je fus encore plus troublé quand elle se colla contre moi, tout en mettant la main sur ma cuisse. Quand elle dit, un peu plus tard « On va chez toi après ? », elle l'avait remontée presque à hauteur de mon entrejambe. Sur scène, ça continuait à danser et à parler sexe et, brièvement, on pouvait même apercevoir tous les acteurs dans le plus simple appareil, à l'exception du chanteur qui plaisait tant à Madeleine et qui incarnait le jeune provincial Claude, sur le point d'être incorporé et de partir au Vietnam. Quelques cris dans la salle, des applaudissements, et Madeleine, extatique à côté de moi. Ma confusion était totale. Une heure plus tard nous étions en train de grimper les cinq étages pour accéder à mon appartement, et la porte à peine refermée derrière nous, sans prêter la moindre attention à mon petit deux-pièces, Madeleine m'embrassa sur la bouche, puis déclara : « J'imagine tu es... enfin tu vois ce que je veux dire. Alors laisse-moi faire. »

Je me suis laissé faire. Pendant la soirée, et les trois semaines qui ont suivi. Je découvrais cette sensation d'être porté. Emporté, transporté. Depuis la mort de mes parents, je n'avais connu aucun répit, aucune période d'insouciance. Certes, les études ne m'avaient jamais coûté beaucoup d'efforts, mes résultats étaient très au-dessus de la moyenne et j'avais l'embarras du choix après le baccalauréat. On me conseilla mathématiques, je choisis lettres. Mais cela ne me procurait aucune légèreté, car j'avais le sentiment d'avoir une dette à régler. Les livres m'avaient permis de tenir depuis plus de dix ans. Ceux glanés dans les maigres bibliothèques des foyers, ou parfois dans certaines familles d'accueil, comme ceux offerts par des professeurs bien intentionnés en fin d'année. Par ailleurs, j'avais vingt-quatre ans, peu d'amis, aucune expérience sexuelle, j'étais roux, frisé, et je portais de petites lunettes. J'étais une caricature sur pattes. À qui pourrais-je plaire ? Quand Madeleine déboula dans ma vie en même temps que Julien Clerc et les autres hippies de *Hair*, dans une urgence joyeuse qui m'était inconnue, me projetant dans une volupté qui l'était tout autant, ce fut si électrisant que j'en tremblais.

Mais je plaisais à Madeleine, et elle ne quitta mon petit deux-pièces que très brièvement le lendemain, pour aller chercher des affaires de toilette et quelques vêtements chez elle. Elle dictait le tempo en tout : il fallait préparer à manger quand elle avait faim, et faire l'amour quand elle en avait envie. Marcher jusqu'aux Buttes-Chaumont quand elle avait besoin de prendre l'air. Elle parlait beaucoup, mais ne répondait pas à mes questions. Combien de temps pouvait-elle rester ? *On verra*. Savait-elle que j'étais amoureux d'elle ? *Arrête d'être si pompeux.* Ses parents savaient-ils à quoi elle occupait ses journées ? *Qu'est-ce que ça changerait si c'était le cas ?* La famille de Madeleine avait fait fortune dans la soie. À quel moment ses aïeux venus d'Italie s'étaient-ils installés à Lyon ? Madeleine ne s'en souvenait plus. Elle me racontait *toutes ces histoires* à moitié, comme si elles n'avaient pas la moindre importance. Je lui fis remarquer que tout cela pouvait être hautement romantique, mais cela ne l'ébranla pas. « Ils m'ont donné mes cheveux noirs et mon teint méditerranéen, c'est suffisant comme héritage, non ? Moi qui rêvais d'être blonde comme mes poupées toute mon enfance. » Des artisans venus du Piémont ou de Gênes ? Elle s'en fichait. Son père se contentait de conserver tout un tas de documents, même pour lui, l'Italie, c'était loin, et l'industrie de la soie, c'était fini depuis longtemps. Un peu comme les shtetls dans notre histoire familiale – mais je gardais cette pensée pour moi. Je ne lui dis pas non plus que mes cheveux roux étaient la manifestation la plus incontestable de mon héritage ashkénaze. Auquel Madeleine avait fait allusion une seule fois, en sortant du théâtre, mais ce soir-là nous n'avions pas la tête à discourir sur nos familles et nos origines. « Bukowski, ça ressemble un peu à Stobetzky, non ? » dit-elle en parlant du héros de *Hair*. Je choisis de l'entendre comme un compliment. Je n'avais ni la chevelure ni la voix de Julien Clerc, mais voilà, Madeleine me trouvait sexy.

Madeleine avait aussi rapporté une petite valise rouge contenant un tourne-disque portable de chez elle, et quelques 33-tours. « Un cadeau de mon père, il est fou de musique. » Cette remarque me fit penser à ma mère. Elle devait aimer la musique elle aussi, pour m'avoir proposé de choisir un instrument et de prendre le chemin du conservatoire. Sa mort ne m'en a pas laissé le temps, alors violon, violoncelle ou piano, tout cela se perdait dans un brouillard d'ignorance dont j'eus honte quand Madeleine évoqua ses chanteurs ou instrumentistes préférés. Tout était simple pour elle. J'essayais de ne pas trop lui montrer que je ne connaissais aucun artiste sur les pochettes de disques, mais mon avis ne semblait pas l'intéresser de toute façon. Elle les mettait au gré de son humeur, sans me demander, et je profitais des moments où elle était dans la salle de bains pour savoir ce que nous venions d'écouter. Isaac Stern, Georges Prêtre, Alfred Cortot, Pablo Casals, Eugène Bigot, Mady Mesplé, tous des illustres inconnus pour moi. Deux disques intitulés *Maria Callas à Paris* avaient visiblement sa préférence. « Mon père a réussi à avoir des places pour le dernier récital de la Callas à Paris il y a quelques années. Il en parle encore. J'étais trop jeune pour l'accompagner à l'époque, mais quand j'écoute ce disque maintenant, je l'envie. » Je n'y comprenais rien. Faust, Manon, Werther, certes, j'avais lu tout cela, je connaissais aussi le mythe d'Eurydice, mais j'ignorais jusqu'à l'existence de ces opéras mettant en scène des grandes figures littéraires, et leur traduction en musique ne me rappelait en rien ces lectures paisibles en bibliothèque. Les paroles, même en français, étaient souvent incompréhensibles, la voix me paraissait profonde, voire un peu rauque, quelque chose de sauvage et de désespéré émanait de ces airs, j'avais l'impression de pénétrer en *terra incognita* et la peur n'était pas absente de ce que je ressentais en découvrant ces disques avec Madeleine à mon côté. Le seul air que j'avais déjà entendu à la radio – celui tiré de *Carmen* – n'avait pas la préférence de Madeleine, alors je ne dis rien. « Si tu voyais la tête que tu fais, Robert ! s'écria Madeleine. J'en étais sûre : plus c'est tragique, plus tu aimes. » Une fois de plus, je ne savais pas quoi répondre.

Nous étions le dimanche 20 juillet 1969 et, au réveil, la place à côté de moi était vide pour la première fois depuis trois semaines. Nous nous étions disputés la veille, Madeleine m'avait annoncé son départ, je ne voulais pas y croire, j'étais certain qu'il suffirait de faire l'amour pour persuader Madeleine qu'elle ne pouvait pas partir. C'était impossible, tout cela ne devait pas s'arrêter, nos corps, cette jouissance, la musique pour couvrir nos gémissements, les fous rires aussi, les discussions infinies pour savoir qui de Verlaine ou de Rimbaud était le plus grand poète, et ce port de tête que je ne pouvais pas m'empêcher d'admirer. Mais la chambre était vide, la salle de bains aussi, son sac de voyage et le tourne-disque portable avaient disparu. Sur la table de ma petite cuisine, deux lignes sur un bout de papier, tracées dans une écriture penchée : « Tu comprendras un jour. Sois heureux. »

Je ne savais pas quoi faire, alors j'ai commencé à nettoyer l'appartement. Mis les draps à laver, récuré la douche et l'évier. J'ai même lavé les vitres. Quand je me suis entendu dire à voix haute « Comme ça tout sera bien propre quand Madeleine reviendra », je me suis effondré. Car j'avais bien vu la note que Madeleine m'avait laissée. Et Madeleine ne disait jamais rien sans raison, cela, je l'avais compris pendant ces trois semaines.

Elle avait pris un train pour Lyon, et je ne pourrais même pas dire que je suis resté sur le quai. Car je ne l'ai pas accompagnée à la gare, elle a préféré me quitter autrement, en se glissant hors de mon lit sans bruit et sans me prévenir. Ce n'est pas qu'elle ne m'aimait pas, *là n'est pas la question,* c'était simplement *impossible*, cela lui paraissait *clair comme de l'eau de roche*, et elle ne voulait pas, ne pouvait pas comprendre comment j'avais pu m'attendre à autre chose de sa part. Son pragmatisme à toute épreuve faisait fi de mes sentiments. Je l'aimais follement ? *Et alors ?* Nous étions mal assortis, la bourgeoise catholique et le pauvre juif dont les grands-parents devaient seulement parler le yiddish, que pourrions-nous bien construire ensemble ? *Allons, sois raisonnable.* J'aurais pu lui objecter que nous venions de faire l'amour comme si notre vie en dépendait, mais elle m'aurait ri au nez.

Le reste de la journée, je ne sais plus, j'ai dû rester prostré sur mon lit refait à neuf, je suppose. En toute fin d'après-midi, je me suis décidé à quitter mon appartement. J'ai dû descendre par les Grands Boulevards jusqu'à Bastille, où je me rappelle être entré dans un café. En remontant en direction du canal Saint-Martin, je vis que de nombreux cafés annonçaient une ouverture nocturne exceptionnelle pour suivre la mission *Apollo 11* et leur tentative d'amarrage sur la Lune. Je me rendis compte que j'avais entendu parler de Neil Armstrong et de ses acolytes avant la rencontre avec Madeleine, mais que je n'y avais prêté aucune attention depuis. Nous deux, c'était tout ce qui comptait.

Quelques heures plus tard, je compris qu'il m'était impossible de trouver le sommeil. Je ressortis, sans même regarder l'heure, et je repassai devant un des cafés du boulevard que j'avais longés un peu plus tôt. À travers la vitre, je vis les gens agglutinés devant un petit poste de télévision que l'on avait hissé sur le bar. À l'aune du brouhaha qui montait du café, je me rendis compte que l'événement tant annoncé était en train de se produire. J'étais trop loin pour bien voir, mais j'étais incapable de bouger malgré tout. Je distinguais une ombre, puis une silhouette bondissante, et une tache noire dans le fond. Le silence se fit parmi les spectateurs dans le café.

Je venais d'assister au premier pas d'un homme sur la Lune et je m'en fichais. Madeleine n'était plus là. Elle ne reviendrait pas, et Neil Armstrong n'y changerait rien.

J'AI ESQUIVÉ toutes les propositions. Je n'avais aucune envie de profiter de cette matinée libre pour tenter de mieux connaître les autres participants du voyage organisé. J'ai le plus grand mal à retenir leurs prénoms, même si cela fait déjà deux jours que nous cohabitons pendant les repas et lors des visites, lorsque je ne file pas à l'anglaise, bien sûr. Quand l'un d'eux s'assoit à côté de moi, j'ai du mal à ne pas maudire Émile à voix haute, car comment ne pas faire un minimum de conversation dans ces cas-là, alors que je n'ai pas envie d'appartenir à ce groupe ni de parler à Jacqueline, à Hervé et encore moins à Albert ? Ce dernier avait tenté de jouer la carte de la connivence dès notre rassemblement à l'aéroport Ben Gourion, en partant du principe que nous étions sans doute les deux seuls juifs du groupe, mais quand je lui fis sèchement remarquer qu'il n'en savait rien, cela ne le découragea nullement, *ces choses-là se sentent, vous pourrez me croire, j'ai un radar infaillible pour ça.* Malgré une moue sceptique, rien n'y fit, il affirma qu'il existait un lien spécial entre nous, car *Séfarades ou Ashkénazes, peu importe dans le fond, n'est-ce pas*, ce à quoi je ne trouvai rien à redire, car même juifs ou goys, cela m'importe peu. Deux jours après, sa remarque me revint en mémoire et me ramena presque trente ans en arrière. Brutalement. Était-ce parce que j'avais aperçu – ou cru apercevoir – Madeleine sur la Via Dolorosa la veille ? En tout cas, la phrase de mon nouveau meilleur ami Albert Benquelquechose réveilla le souvenir de ces paroles définitives prononcées par Madeleine quelques heures avant son départ pour Lyon. « Tu es juif. Je suis catholique. Ça ne peut pas marcher. » J'étais abasourdi, en colère, scandalisé. J'ai été dans une telle rage pendant trois jours que cela me fit oublier mon chagrin. Ne croyant pas une seconde à cette affirmation qui, pour moi, cachait un « Tu es pauvre. Je suis riche » qu'elle n'osa pas prononcer, mais, à ce jour, je ne sais pas si elle pensait vraiment ce qu'elle disait, comment pourrais-je le savoir ? Madeleine coupa court à toute discussion, les larmes coulèrent sur ses joues, mais sa voix ne trembla pas. « Fais-moi confiance. Je sais de quoi je parle. Ce n'est pas possible, et ce n'est plus la peine d'en parler. » Après cela, les dernières heures précédant son départ se perdent dans un grand flou, nous fîmes l'amour une ultime fois, je m'endormis, et à mon réveil, elle n'était plus là. Et à cause de cet Albert – qu'il aille au diable – je me sentais à nouveau aussi misérable que ce matin-là. Perdu. Afin d'avoir une chance d'éviter les fanatiques de tous bords, je ne voulais surtout pas retourner en vieille ville comme hier, mais je n'ai pas retrouvé le chemin du marché, alors me voilà au milieu d'un parc, c'est mieux que rien, je vais essayer de trouver un banc et de reprendre mon souffle, je déteste être ramené en arrière malgré moi, cette humiliation a continué à me réveiller pendant des années, elle allait main dans la main avec ce chagrin qui ne voulait pas passer, j'ignorais lequel de ces deux sentiments me faisait souffrir le plus, et maintenant, assis comme un vieil idiot dans un parc dont je ne connais même pas le nom, j'ai mal comme si tout cela m'était arrivé hier et non pas il y a exactement vingt-six ans. J'ai eu le temps d'y réfléchir, de lui en vouloir, comme j'en voulais à ma mère aussi, et je sais maintenant que ces deux colères se sont souvent mêlées : je me sentais abandonné. Madeleine n'a jamais prononcé ce *Tout ira bien*, mais son corps l'avait laissé entendre, ou alors le mien a trop voulu y croire, comment savoir. Le résultat était le même. Pourtant, malgré ma solitude, je n'ai pas toujours été malheureux.

Madeleine me paraissait loin parfois, et plus important encore, le reflet de son image enchâssé dans mon esprit et mon corps était celui des jours heureux, le temps avait sélectionné les photos des débuts prometteurs plutôt que celles de la rupture et, finalement, avec les mois et les années, une certaine douceur enveloppait cette blessure dont j'avais cru ne jamais me relever. Pourquoi alors son souvenir est-il si vif et si douloureux ici et maintenant, réveillé par ce qui doit être une fausse reconnaissance à coup sûr, et une remarque stupide d'un compagnon de voyage dont je n'ai que faire ? Je vais marcher un peu, plutôt que de regarder dans le vide comme un vieillard, quitte à être perdu, autant l'être franchement, et je vois une enseigne en français là-bas, pour une fois que je ne suis pas renvoyé à mon ignorance de l'hébreu, en plus je crois que c'est une librairie, cela me changera peut-être les idées de farfouiller dans une autre boutique que la mienne, surtout ici où je ne m'attendais nullement à tomber sur une librairie française, c'est une bonne surprise, la première de ce voyage pour ainsi dire, si Émile savait à quel point tout cela m'est difficile, la cohabitation avec les autres dans le groupe, la chaleur, les religieux partout, cette ville si étrange, sans parler de l'apparition sur la Via Dolorosa. Jérusalem n'est pas à un miracle près, dit-on, mais je ne pensais pas que ça allait tomber sur moi, et encore moins sous cette forme. Une revenante, ressuscitée d'un passé lointain, cette parenthèse de trois semaines durant lesquelles mes journées et mes nuits étaient entre ses mains, puis Sète, trois ans plus tard, où Madeleine n'était déjà plus qu'une silhouette dans la rue, ma dernière image d'elle, jusqu'à hier. Que reste-t-il de tout cela, après une moitié de vie passée en son absence ? À vingt-quatre ans, je nous croyais liés à jamais pourtant, même si je n'avais pas osé lui parler des rêves qu'elle avait éveillés en moi dès la première étreinte, après cette soirée au théâtre. Mais le chemin de mes songes à son adieu se révéla court, et la chute dans le vide, brutale. L'idée qu'elle n'a sans doute jamais partagé cette illusion – que nous serions faits l'un pour l'autre, et pour toujours – m'a tenu éveillé de longues nuits, la douleur si difficile à éradiquer, s'accrochant à mon corps depuis son départ, résistant à tous les anesthésiants. Comme tout chagrin, le mien était fait de tant de blessures, petites et grandes, profondes et superficielles, qui formaient une montagne de douleur que j'ai transportée avec moi pendant toutes ces années. Pourtant je n'ai jamais douté d'une chose : Madeleine avait été heureuse avec moi, j'en suis certain. Mais cela n'a pas suffi pour lui faire abandonner la trajectoire qu'elle s'était fixée – et cela, j'étais incapable de le comprendre. Comment pouvait-elle renoncer au bonheur ? Pour moi le malheur était la règle. Je m'y étais habitué, depuis la mort de mes parents – j'avais un peu plus de dix ans –, mais il m'était impossible de trouver *normal* qu'elle ne soit pas là, à mon côté. Ma mère n'avait pas choisi de mourir, de m'abandonner. Mais Madeleine ? Pourquoi avait-elle décidé de jeter à la poubelle de nos existences non pas la simple possibilité du bonheur, mais le bonheur tout court ? Cela dépassait mon entendement.

J'IGNORE CE QUE MAURICE a pu comprendre quand j'ai débarqué chez lui, trois jours à peine après avoir trouvé ce bout de papier qui mettait un coup d'arrêt à tous les projets échafaudés en trois semaines, à tout ce qui me paraissait irremplaçable, rien de moins. Comment aurais-je pu lui expliquer – alors qu'il était certainement plus préoccupé par la météo et l'état des vignobles champenois que par les émois de son grand frère dont il avait été sans nouvelles depuis des mois – pourquoi je ne voulais pas repartir à Paris, et pour quelle raison il me semblait inconcevable de dormir une nuit de plus dans le lit que j'avais partagé avec Madeleine ? Ma vie ne s'était pas arrêtée, je détestais d'ailleurs cette expression qui ne devait s'appliquer qu'à la mort, mais j'étais incapable de la poursuivre. Une vie réduite à une soustraction, une vie où tous les endroits seraient des lieux où je passais désormais *sans elle*. Bar-sur-Aube, ce serait aussi sans elle, mais elle n'y avait jamais mis les pieds, savait sans doute à peine où ça se trouvait, et l'équation, par conséquent, n'était pas la même. Ce petit chef-lieu ni vraiment pittoresque ni particulièrement laid non plus serait l'endroit *après elle*. La nuance échappait sûrement à Maurice, et si cette finasserie philosophique m'a permis de pouvoir poser mes valises, mon frère, lui, m'a d'abord aidé à trouver un logement, puis, quelques semaines plus tard, dans une candeur toute pragmatique, l'idée qui se révélerait ma bouée de sauvetage : « Toi qui bouquines toute la journée, pourquoi tu n'ouvrirais pas une librairie ici ? «

Cela faisait donc trois ans que j'étais là, à conseiller des romans aux dames, et plus rarement aux messieurs de la bourgeoisie champenoise qui s'égaraient dans ma librairie. J'étais redevable à Maurice d'avoir eu l'idée et de m'avoir avancé les fonds pour la création de la librairie, pour le reste je m'étais débrouillé seul, en autodidacte. Je ne devins pas un très bon gestionnaire et je n'avais aucune envie de passer trop de temps sur les questions administratives et financières, mais je découvrais à ma surprise que j'aimais parler de mes lectures et qu'il me plaisait d'engager la conversation avec les clients au sujet des leurs. Ce ne fut pas simple pour moi au début, mais petit à petit je pris goût à voir les mêmes clients revenir, et à les écouter me livrer leurs réactions émues, enthousiastes ou réservées par rapport à un livre que je leur avais conseillé. Au fil des mois, j'acceptais cette position étrange : sans être ni prêtre ni psychanalyste, je devenais néanmoins une oreille pour beaucoup de Baralbins. À leur insu, en commentant les derniers romans de Michel Tournier, Jean Carrière ou de Milan Kundera, ils me parlaient d'eux-mêmes. Des bribes de vie, des souvenirs étaient souvent convoqués pour étayer un jugement, de l'approbation ou du rejet, et je leur prêtais une oreille attentive. Mon horizon s'élargissait bien au-delà des livres qui peuplaient les étagères autour de moi, et cela me procura un étrange contentement. Ce bonheur de faire partie de la vie des autres n'allait toutefois pas sans me rappeler que, contrairement à ces clients, je possédais bien peu de souvenirs auxquels me raccrocher. Ces échanges occupaient mon esprit – mais ils n'étaient pas suffisants pour me permettre de vivre dans le présent. Dilater chaque seconde à l'infini, étirer le temps jusqu'à ce qu'il se rompe, ressusciter ces moments lointains pour les rendre inoubliés, plus réels que les cloches de l'église Saint-Pierre toute proche qui sonnaient, voilà ce que je faisais si souvent pendant le creux de fréquentation en milieu d'après-midi, quand les clients avaient déserté la librairie et que je pouvais rêvasser sans que mon frère, quand il passait à l'improviste, me fasse remarquer que je n'étais pas à mon affaire, ce en quoi il avait vu parfaitement juste : je me réveillais à côté de Madeleine, lui préparais un thé, lui tenais la main dans les allées des Buttes-Chaumont, je sentais le parfum dans ses cheveux et me demandais s'il était à base de rose ou de violette, et ma vie se résumait à cette question et à la vision de sa nuque étirée quand elle avait décidé de se pencher par la fenêtre pour s'assurer que l'orage était passé au loin et que nous pouvions sortir sans risque de prendre une averse. Je refaisais la table des nouveautés, Sarraute, Duras, Gracq, m'assurais que rien ne manquait dans le coin des classiques, j'aime les piles nettes et les linéaires où rien ne dépasse, mais c'est Madeleine que je voyais et son rire que j'entendais, jusqu'à ce que le dring-dring de la porte déchire le silence et me sorte de cette autre réalité, je me redressais alors, un sourire aux lèvres pour saluer le client qui venait d'entrer, je redevenais affable et prenais plaisir à sortir un volume des étagères ou à passer une commande, les jours se suivaient et rien ne semblait pouvoir interrompre la double vie dans laquelle je m'étais installé, cette routine qui m'était devenue naturelle. C'était ça, mon existence, et au fil des ans, je n'en désirais même plus une autre.

Ce voyage était une très mauvaise idée. Je déteste la chaleur, et je déteste l'idée de devoir être aimable envers des gens qui ne m'intéressent pas. J'ai eu assez de mal à le faire pendant mes débuts à la librairie, mais au moins je pouvais me réfugier derrière la demande des clients, ou leur parler d'une nouveauté, d'un classique que je leur recommandais, j'étais devenu un expert pour formuler ces conseils de telle sorte que les clients aient l'impression d'avoir eu une vraie conversation avec moi, alors que je me cachais derrière un rôle, et je voulais qu'on en sache aussi peu sur moi que possible, ma vie était ailleurs, à Sète peut-être, ou alors nulle part, mais certainement pas dans cette ville de province en Champagne où j'étais devenu un bon libraire presque malgré moi, ou était-ce justement grâce à cette réserve que je m'étais imposée depuis mon installation ? Depuis Madeleine. Je n'avais rien souhaité de plus, gagner correctement ma vie, être entouré de livres, retrouver une certaine tranquillité. Mais au fil des mois j'ai appris à apprécier cet endroit. Faire lire des livres à des inconnus qui en retour révélaient souvent un petit bout de leur vie malgré eux, en m'expliquant pourquoi ils avaient dévoré ou au contraire détesté un roman que je leur avais conseillé – petit à petit je commençais à voir cela comme un privilège, puis tout en gardant mes distances j'ai appris à les aimer aussi, ces lecteurs, j'y pense, et ils me manquent presque quand je vois ce groupe de gens qui se croient cultivés parce qu'ils peuvent se payer un voyage organisé en Israël, alors qu'il n'en est rien, aucun d'entre eux n'a fait le moindre commentaire quand je leur ai dit que j'étais libraire, comment endurer la perspective de m'aventurer jour après jour dans la chaleur et la foule avec eux, pendant une longue semaine, sans avoir envie d'appeler Émile et de hurler.

JE NE POUVAIS IGNORER qu'elle les avait choisis, lui et la vie dans cette ville du Sud où il avait racheté une pharmacie. Je ne savais rien d'autre de lui : il était le descendant d'une grande famille lyonnaise dont les hommes étaient tous soit pharmaciens soit chercheurs, et il s'appelait Clément Bontemps. Irait-il jamais plus loin que Sète dans la rébellion contre les conventions de son milieu ? Tout cela avait semblé amuser Madeleine. « Au moins j'aurai toujours Paul Valéry, là-bas », me disait-elle quelques heures avant de prendre le train pour rejoindre son fiancé, et je me suis souvent demandé si je devais chercher un message caché dans la mention du poète lors de notre dernière conversation, ou presque, mais cela ne changeait rien au fait qu'elle avait quitté Paris et que je ne m'y voyais pas vivre sans elle. J'ai compris bien plus tard que les lieux n'y peuvent pas grand-chose, à notre solitude, et être seul à Paris ou à Bar-sur-Aube, ce n'était pas très différent : toujours et encore loin d'elle. Rien d'autre.

Madeleine avançait, sa vie, elle s'en disait convaincue, était tracée, il lui suffisait d'emprunter le chemin se déployant devant elle. Un caillou dans sa chaussure, une déviation imprévue, avant de retrouver la grande route, un cul-de-sac – que représentais-je pour elle ? Une parenthèse, sans aucun doute. Ces quelques semaines m'ont nourri pendant près de trente ans, et maintenant, après avoir croisé Madeleine sur la Via Dolorosa, ou son fantôme, son double, une inconnue qui lui ressemble, je me demande comment j'ai pu me contenter de ce qu'elle a bien voulu me donner. Toute une vie, ou presque, sans même en attendre quoi que ce soit.

Ai-je abdiqué en me résignant ou ai-je agi au mieux pour ne pas plier ? En me persuadant qu'il était banal d'être privé de ce bonheur auquel j'avais cru avoir droit pendant ces trois semaines au début de l'été 1969 ? Juste trois semaines, pas un jour de plus. Madeleine aurait-elle renoncé à son pharmacien et à Paul Valéry si j'avais croisé son regard plus tôt à la bibliothèque de la Sorbonne ? Il est vain de se le demander. J'ai passé un temps considérable à jouer avec tous ces si – il faut dire que la fréquentation de ma librairie m'offrait suffisamment de moments creux pour laisser mon esprit divaguer, et cela n'a jamais cessé avec les années, même si je savais que cela ne servait à rien de réfléchir à ma situation. Au bout de trois ans, j'étais arrivé à la conclusion qu'il était impératif de faire le voyage à Sète pendant la fermeture annuelle de la librairie. Mon frère ne connaissait même pas le nom de Madeleine et savait encore moins qu'elle était partie vivre dans ce petit port de pêche dont j'ignorais tout moi aussi, sauf bien sûr que Paul Valéry y était né et enterré. Mais une fois que cette idée avait traversé mon esprit, il m'était impossible de penser à autre chose. Y renoncer n'était déjà plus une option malgré toute l'absurdité d'une telle entreprise dont j'avais évidemment conscience, mais le désir est ainsi fait et lorsqu'il nous affleure, touche, contamine, pas moyen d'y échapper, et c'est ainsi que je me mis en route pour Sète. Nous étions début août 1972 et je voulais provoquer le hasard pour la revoir. Il suffirait d'attendre, si la chance était avec moi.

Pourtant, c'était une idée stupide, partir à Sète pour tenter le diable, j'en étais convaincu à l'avance, mais il n'est pas rare de mettre en branle une action parfaitement irrationnelle sous le coup d'une impulsion et d'aller jusqu'au bout, même quand nous nous rendons compte en cours de route que nous agissons comme un imbécile, et c'est exactement ce que je fis ce jour-là. La librairie fermée pour les congés annuels, le train pour Paris, et après un changement de gare, un autre pour Sète, cela me paraissait simple. J'avais rongé cet os-là pendant trois ans, me disant jour après jour que c'était une idée idiote, et puis sans raison apparente j'ai cessé de le penser. Je pris les billets de train avant même de me renseigner sur les possibilités d'hébergement sur place. Tout le reste était facile. Nul besoin de jouer à Sherlock Holmes pour trouver la pharmacie Bontemps. Je n'étais pas pressé. Trois semaines pour tenter ma chance, et un café situé presque en face de l'officine me faciliterait la tâche. À l'heure de l'apéritif, le lendemain de mon arrivée, je commandais un verre de sancerre blanc et attendais l'heure de la fermeture, me disant que neuf fois sur dix le patron lui-même mettait un tour de clef après le départ des employés. Il suffirait alors de suivre l'homme en question, me dis-je, pour avoir une chance d'apprendre où il habitait. Où *elle* habitait. Madeleine. Et mon plan réussit dès la première tentative : je suivis aussi discrètement que possible l'homme ayant quitté les lieux en dernier, et après dix minutes de marche, je le vis disparaître derrière une grille, traverser un petit jardinet et entrer dans une belle maison de ville à deux étages. Je ralentis un peu le pas et jetai un œil sur la boîte aux lettres. M. et Mme Clément Bontemps. J'étais à la bonne adresse, et ce nom inscrit sur la sonnette me rappela que, dans la bonne bourgeoisie, les femmes sacrifiaient aussi leur prénom. Madeleine était devenue madame *Clément* Bontemps. C'était comme si je l'avais perdue une nouvelle fois.

Le soir, dans la petite pension de famille que la jeune femme du syndicat d'initiative m'avait recommandée, je me demandai si je n'allais pas repartir dès le lendemain. Madeleine n'était plus la même, me dis-je, et cela ne servirait à rien de faire semblant. Au réveil je pris pourtant la décision contraire, en me persuadant que j'avais besoin de la revoir. Une seule fois, et tout serait plus facile. Une dernière fois. Je retournai donc dans le quartier découvert la veille, puis me mis à la recherche d'un café à proximité, là encore. J'eus de la chance : à moins de cinquante mètres se trouvait un petit bistrot qui me permettait de surveiller les allées et venues dans la rue.

J'ai vu Madeleine tous les jours pendant trois semaines. Trois semaines. Comme trois ans plus tôt. Je m'étais pourtant promis de repartir dès que je l'aurais aperçue une ultime fois, mais le soir même, après l'avoir suivie à bonne distance – elle descendait en ville faire quelques courses, quoi de plus banal –, je savais que je n'aurais pas le courage de quitter la ville le lendemain sans prolonger encore un peu ce jeu pervers : suivre dans la rue la femme qui m'avait quitté sans tambour ni trompette trois ans plus tôt, sans me laisser le moindre espoir. Elle ne souhaitait jamais me revoir, cela avait été assez clair dans ses propos, je ferais partie de ses plus beaux souvenirs, ce n'était pas rien, elle repenserait souvent avec tendresse à moi et une part d'elle resterait toujours en moi. C'étaient ses mots, prononcés avec une douceur aussi tranchante que la lame du bourreau.

C'était une jeune mère tenant la main d'un petit garçon que je suivais dans la rue, il devait avoir deux ans, mais je me dis que je n'en savais rien, un an de plus ou de moins, j'étais incapable de faire la différence et, à vrai dire, je le regardais à peine, je scrutais la silhouette de Madeleine, le reste m'indifférait totalement, je voulais seulement retrouver la jeune étudiante qui m'avait amené voir *Hair,* son port de tête altier, son profil souverain et si possible ce sourire ambigu que j'avais tant essayé de déchiffrer pendant ces trois semaines, trois ans plus tôt.

Au fil des jours, cela devenait un rituel vide de tout intérêt, de toute signification, je me couchais tous les soirs en me promettant de repartir à Bar-sur-Aube le lendemain, et tous les matins vers dix heures je reprenais mon poste dans le café non loin de chez elle et, en l'attendant, je ne pensais à rien, j'étais là, simplement, comme en pilote automatique, je me sentais vide : cette nouvelle vie de Madeleine ne me concernait pas.

Je fis une dernière tentative pour me sentir plus proche d'elle, en achetant *Le Cimetière marin et autres poèmes,* dans une édition scolaire bon marché. Un livre qu'elle tenait pour un des plus beaux de la langue française. Je n'y trouvai rien qui puisse me faire ressentir ce qu'elle y voyait. Pas une ligne qui m'aide à comprendre sa passion pour ce poète. Ces vers me paraissaient empruntés, raides, convenus, et pendant une longue nuit sans sommeil, il m'a fallu chasser l'idée qu'une telle incompréhension m'éloignerait davantage de Madeleine. Cette lecture marqua bel et bien la fin du voyage.

UNE SEMAINE JOUR POUR JOUR après mon retour à Bar-sur-Aube, je reçus une lettre en provenance de Sète, et l'écriture penchée si caractéristique sur l'enveloppe ne permit aucun doute : elle venait de Madeleine. Je me sentis honteux et coupable avant même de l'ouvrir. Comment croire à un hasard ? Ma piteuse opération de filature n'avait visiblement pas échappé à celle qui en avait été l'objet.

Mon cher, cher Robert,

Je ne connaissais pas ton intérêt pour les fêtes de la Saint-Louis, ni ton goût pour les joutes sétoises, mais j'espère que tu as passé de bonnes vacances. Sur les traces de Paul Valéry, sans doute ? Quoi qu'il en soit, n'oublie pas une chose : tout ce que je t'ai dit il y a trois ans reste vrai, mot pour mot. Seulement, je n'existe plus. En tout cas, celle que tu as rencontrée n'existe plus.

Il est inutile de vouloir oublier une personne qui n'existe pas, cela n'aurait aucun sens, n'est-ce pas ? Alors tu sais ce qu'il te reste à faire, j'en suis certain.

Prends bien soin de toi.

M.

L'ironie mordante de ces quelques lignes me fit l'effet d'un coup de poing dans le ventre. La première fois que Madeleine m'avait écrit, c'était un mot d'adieu. Trois ans avaient passé, et voilà qu'elle me fit comprendre par cet étrange faire-part de décès qu'il n'y aurait jamais de retour en arrière.

Madeleine m'avait donc vu, repéré, lors de mon séjour à Sète. Comment savoir si c'était lors d'une de mes filatures maladroites ou à l'occasion des joutes sur le canal. Je m'étais décidé à assister à ce spectacle malgré mon aversion pour la foule et ce genre de manifestations folkloriques, mais au syndicat d'initiative on m'avait assuré que c'était un événement immanquable. J'ignore comment et pourquoi on avait transformé en fête en l'honneur de Louis XIV les jeux primaires et sans doute ancestraux de quelques marins qui se poussent mutuellement dans l'eau à l'aide de lances. Car ces joutes n'étaient rien d'autre, à bien y réfléchir. Des amusements dignes d'une cour de récréation. J'étais peut-être justement en train de me désoler de cette capacité qu'ont nos sociétés à déguiser nos réflexes puérils en traditions populaires puis en attractions touristiques quand j'aperçus Madeleine. De loin, certes, car assise sur les gradins dressés de l'autre côté du canal, mais, là encore, son port altier était reconnaissable, même à distance et dans la foule, impossible de me tromper. Je distinguais la silhouette d'un homme brun et portant des lunettes de soleil à sa gauche, sans aucun doute son mari que j'avais repéré le jour de mon arrivée, et il me semblait apercevoir un petit garçon sur ses genoux. *Leur* petit garçon. L'enfant de Madeleine. Je me rendis compte que je l'avais à peine regardé quand je suivais Madeleine dans la rue. Parce que c'était l'enfant de l'autre ? Je ne voulais pas y réfléchir, pas plus au milieu de ces spectateurs surexcités à l'idée de voir un représentant du bateau adverse tomber dans le canal que tout seul chez moi, dans ma librairie, à Bar-sur-Aube. Cette réalité n'était pas la mienne. Le corps de Madeleine que j'avais tenu dans mes bras, embrassé, caressé, que j'avais fait jouir... voilà la réalité à laquelle je tenais.

Madeleine ne m'avait pas seulement quitté, elle s'était déclarée morte. Ce « Je n'existe plus » jeté sur un bristol et envoyé par la poste se voulait aussi définitif que les mots choisis par notre médecin de famille pour nous annoncer la mort de ma mère, trois semaines après celle de mon père. Je ne voulais plus être cet orphelin et pourtant la brutalité de Madeleine m'y ramena. Quand on perd ses parents avant de pouvoir souffler une onzième bougie sur son gâteau d'anniversaire, on souffre de leur absence, mais aussi de ne pas avoir assez de souvenirs d'eux. Toutes les fois où je racontais les miens à Maurice, quand il me demandait de lui parler d'eux pour échapper à la grisaille des foyers, je me rendais compte que je devrais à tout jamais me contenter de ces bribes de vie, de cette mémoire aussi fine qu'un cahier d'écolier, là où d'autres disposent d'une épaisse encyclopédie pour trouver leur chemin. Madeleine m'avait donné l'espoir qu'un avenir commun avec elle me ferait oublier la minceur de mon passé, et peut-être étais-je parti à Sète dans le but inavoué de prolonger un arrangement que j'avais trouvé avec mon propre chagrin. Qui consistait à penser que rien n'était impossible, Madeleine n'était pas morte après tout, et que j'aurais droit à un peu plus de trois semaines. Sa lettre vint réduire en poussière cette ultime illusion.

« TU IRAS AU CONSERVATOIRE en septembre, Robert. »

Cette phrase est peut-être le dernier souvenir de ma mère que je possède. Nous étions encore en hiver, mais elle se disait déjà toute joyeuse de penser à ma rentrée. Tout en préparant le dîner, elle me raconta qu'elle avait réussi à finaliser toutes les inscriptions dans la journée : mon futur collège, tout près du canal, et le conservatoire du Xe arrondissement donc, à un jet de pierre de la maison. Car mon éducation ne serait pas complète sans la musique, c'était certain, elle était convaincue que j'aimerais ça. « Tu as encore un peu de temps pour choisir ton instrument. Le violon, ça te plairait ? Le piano ? Ou le violoncelle peut-être ? » Un garçon de dix ans ne sait pas répondre à cette question, et il ne sait pas grand-chose de sa mère non plus, mais j'ai emporté au moins ça d'elle, la certitude qu'elle aimait la musique. Ce n'est rien, ça ne pèse pas lourd quand il faut accepter de déménager sans cesse, de foyer en famille d'accueil et de famille d'accueil en foyer, quand on a compris que personne ne veut adopter un jeune pré-adolescent, puis adolescent, et encore moins deux frères qui insistent pour rester ensemble, et qu'on pouvait attendre de la vie au mieux qu'elle devienne une sorte d'odyssée sans connaître le port d'attache vers lequel retourner un jour, mais les rares fois où je parvenais à suivre le programme classique de la RTF pendant ces longues années, cette pensée me consolait plus qu'elle ne me chagrinait : oui, moi aussi, je serais peut-être en train de faire de la musique, d'apprendre le solfège et la vie des compositeurs, si la grippe n'avait pas emporté mes deux parents en l'intervalle de quelques semaines pendant un hiver trop froid et mis fin à tous ces rêves de violon ou de violoncelle.

Assez vite après l'ouverture de la librairie j'avais acheté un poste de radio de bonne qualité, et je pris l'habitude de l'allumer en arrivant le matin. France Musique me tenait souvent compagnie, surtout quand aucun client ne s'était aventuré dans ma petite boutique. Je ne me sentais pas toujours à la hauteur de ce que j'entendais, car ma mère avait seulement fait éclore en moi le désir de la musique, sans avoir le temps de me donner l'éducation musicale qui m'aurait permis de mieux comprendre ces programmes, ou les disques que

Madeleine m'avait fait découvrir. Si cette dernière avait bel et bien essayé d'anéantir mes souvenirs d'elle en affirmant qu'elle n'existait plus, elle n'arriverait jamais à me faire oublier ce qu'elle m'avait fait écouter. Ni surtout ce que j'avais ressenti pendant que la voix de Maria Callas résonnait dans mon petit deux-pièces sous les toits. L'arrivée de sa lettre en ce début de septembre 1972 avait précédé d'un jour les nouvelles dramatiques en provenance des Jeux olympiques de Munich, pour lesquelles France Musique interrompit ses programmes. Je suivis les événements heure par heure, à peine dérangé par les rares clients de la journée, avec une seule pensée en tête : mes parents avaient survécu à la guerre, comment auraient-ils réagi en voyant l'histoire bégayer avec cette prise d'otages ? À Munich ! Il m'était impossible de clarifier ce que je ressentais, impossible d'échapper à cette agitation qui s'était emparée de moi. Le lendemain matin au petit déjeuner, encore dans mon appartement sous les toits, la nouvelle tomba que tous les athlètes israéliens avaient été tués, contrairement à ce qui avait été annoncé la veille. La mort, réelle et barbare, sur le tarmac d'un aéroport près de Munich, ramena les mots de Madeleine à ce qu'ils étaient : abstraits et mélodramatiques. Je ne savais plus où j'en étais. Je courus à la librairie, me jetai dans le rangement, puis en fin de matinée, pour chasser ce silence devenu insupportable, je me décidai à allumer la radio. Un son grave et rauque s'échappa du transistor et frappa mes oreilles, quelque chose de sauvage dans la rythmique irrégulière de cette musique qui ne ressemblait à rien de ce que je connaissais, ce n'était ni agréable ni vraiment beau, mais déchirant, violent. « Du violoncelle, je crois que c'est du violoncelle » fut tout ce que je parvins à penser. Ce n'était pas une voix humaine, mais le choc était le même que trois ans plus tôt, lorsque Madeleine avait fait surgir la voix de Maria Callas dans mon appartement, grâce à son petit tourne-disque portatif. Au bout de quelques minutes, une cliente me sortit de l'immobilité dans laquelle je m'étais figé, le morceau s'était transformé en une complainte étirée, le rythme devenu lent, puis le temps de servir cette dame qui s'excusait d'être passée pile à l'heure de la fermeture, *vous devez avoir faim, non ?,* elle m'a sans doute trouvé l'air ahuri, et une fois la porte de la boutique fermée derrière elle j'étais surtout déçu que le programme musical soit passé à du piano, j'avais raté les commentaires du présentateur et ne saurais jamais de quelle œuvre il s'agissait. Sur le chemin du retour vers mon petit appartement, je repensais à cette musique, et je décidai de creuser la question. D'une manière ou d'une autre.

L'après-midi même – contrairement à mes habitudes de célibataire pouvant se permettre de procrastiner – je ne remis pas au lendemain et passai trois coups de fil. Le premier à Radio France, pour connaître le nom de ce morceau, le deuxième, à la petite école de musique de Bar-sur-Aube pour me renseigner sur la possibilité d'apprendre le violoncelle. J'étais seul, affreusement seul dans cette ville. Je m'y étais installé parce que mon frère y vivait déjà, et parce que je me sentais incapable de retourner vivre à Paris sans Madeleine, et je savais que je resterais sans doute seul et malheureux, mais je le serais peut-être un peu moins en jouant du violoncelle et en essayant de comprendre pourquoi ces notes entendues à la radio m'avaient remué jusqu'au tréfonds de moi. Le troisième appel me procura une étrange sensation d'euphorie, pour terminer l'après-midi, en commandant chez un disquaire à Troyes un enregistrement d'Anner Bylsma. Car après un peu d'attente pour être dirigé vers le bon service, et après avoir précisé l'heure de la diffusion du morceau dont je souhaitais connaître le titre, une voix très agréable de baryton m'avait répondu : « Il s'agit de la *Suite en do mineur pour violoncelle* de Jean-Sébastien Bach, monsieur. »

Grâce à ces trois conversations téléphoniques, j'ai sans doute gagné sept années d'une d'amitié rare. Elle a empli ma vie à un moment où j'avais du mal à savoir pourquoi je me levais tous les matins et à me trouver un but pour tenir jusqu'au soir. L'idée d'apprendre le violoncelle – parce que, en cette fin de matinée-là, une suite de Bach entendue à la radio m'avait remué au point d'en trembler – était saugrenue, j'en avais conscience. Mais après avoir écouté pendant trois soirées consécutives le disque d'Anner Bylsma dans un état proche de la paralysie, ou de la lévitation, me semblait-il par moments, je formai le vœu de m'approcher de cette musique par tous les moyens. Et s'il fallait apprendre le violoncelle pour mieux comprendre ce que j'avais ressenti ce jour, je passerais par là. J'ai donc rappelé la petite école de musique locale : il était possible de louer un instrument pendant trois, six ou douze mois, et *vous avez de la chance, monsieur*, un jeune professeur de violoncelle venait d'arriver en ville.

C'est ainsi que je fis la connaissance de Johann Chauchat.

Il m'accueillit d'abord avec ironie, plaisantant sur ma *vocation tardive* et s'interrogeant sur le sérieux de ma demande. Puis, devant ma mine impassible et mon silence obstiné, il céda. « Déterminé, on dirait ? » Il devint donc mon professeur de solfège et de violoncelle. Assez vite, il devint aussi mon ami. Notre rencontre marqua un changement radical dans mon existence. Je retrouvais le plaisir d'être en la compagnie des hommes, la sienne d'abord, puis je reprenais goût à la vie comme on retrouve l'odorat après une longue grippe. Je le trouvais amusant, il me fut précieux, puis il se révéla vital.

Avant de disparaître.

Et si je l'imitais, si je ne rentrais pas de ce voyage, si je *refaisais ma vie*, ici ou ailleurs, bien que j'aie toujours pourfendu cette expression idiote, comme s'il s'agissait de changer les papiers peints pour aboutir à un appartement *refait à neuf*, comme si on pouvait recommencer son existence à zéro sans le poids du passé, ou au contraire en s'inventant un passé que l'on n'a jamais connu, c'est évidemment une idiotie, même pour un orphelin et un amoureux éconduit comme moi, lesté de trop de souvenirs pour être une page blanche, et de trop peu pour regarder en arrière avec nostalgie, mais l'idée s'est présentée à moi comme la réverbération d'un rêve interrompu, refusant de se dissiper au réveil, et cette sensation continue à m'accompagner, car j'ai encore faussé compagnie à Albert et ses semblables, tant ces admirateurs de la pierre blanche de Jérusalem m'ont agacé hier avec leurs *oh* et leurs *ah* à tous les coins de rue, leur béatitude avant l'heure, car nous ne sommes pas encore en Galilée, et avec ce mélange de sollicitude et de curiosité mal placée à mon égard, je ne pouvais pas tolérer l'idée d'une journée de plus en leur compagnie, j'ai juste eu assez de courage pour appeler la guide depuis ma chambre d'hôtel et lui dire que j'étais *indisposé, rien de grave, juste un peu de repos et ça ira,* et dès que je les ai vus partir depuis ma fenêtre je suis sorti moi aussi, sachant qu'ils devraient passer la journée au Musée d'Israël, le risque de les croiser lors de mes pérégrinations est faible, je commence à trouver l'idée d'être seul dans une ville où je ne connais âme qui vive presque séduisante, à part les vendeurs du souk personne ne va déranger ma tranquillité, à Bar-sur-Aube tout le monde sait comment je passe mes journées, il faut dire que je ne suis pas difficile à suivre pour qui veut bien s'intéresser à la vie du libraire local, peut-être est-ce cela qui a poussé Johann à disparaître sans laisser de trace, à s'évaporer littéralement, pour échapper aux regards des autres, lui qui était un personnage exotique aux yeux des Baralbins et par conséquent objet de leur curiosité, mais parfois je préfère imaginer qu'il a tout simplement rejoint son bel hautboïste quelque part, ou rencontré un autre musicien et trouvé un endroit où il lui semblait possible de vivre sa vie avec lui, et que cette perspective lui a fait oublier les quelques affaires restées dans sa studette autant que son élève et ami, et même si cette absence toujours inexpliquée demeure une blessure, il m'arrive de l'admirer pour son courage de tout laisser derrière lui. Il m'arrive encore plus souvent de penser à lui quand je joue du violoncelle, avec un mélange de tristesse et de gratitude, car il ne s'est pas passé plus de deux semaines depuis son départ sans que je sorte l'instrument de sa housse pour au moins quelques exercices, c'est un héritage que je peux toucher tous les jours, l'entendre aussi, quand Madeleine, elle, ne m'a rien laissé, une note de deux lignes et une lettre à peine plus longue, et pourtant j'erre dans les rues à la recherche d'un fantôme, tenté en même temps par l'envie de rejoindre un ami dans sa fuite, ou son ailleurs. Johann saurait-il m'aider à assembler les morceaux, trouver une coda, un point d'orgue ou l'accord final, je ne sais pas.

JOHANN ÉTAIT HOMOSEXUEL, je l'avais compris dès les présentations à l'école de musique. Comment, je ne sais pas. Je m'en fichais, mais je me fis tout de même la réflexion. Je m'étais installé à Bar-sur-Aube trois ans plus tôt, mes années parisiennes me semblaient relever de la préhistoire, et quand bien même les années 60 avaient apporté une réelle liberté sexuelle à toute ma génération, j'avais mené une vie trop solitaire et en marge de tout ça pour m'en rendre compte. Et je n'avais aucun souvenir d'avoir jamais côtoyé un homosexuel.

« Johann Chauchat. Enchanté. Johann, comme Strauss, ou Bach, si vous préférez. Avec J donc, pas de Y. J'y tiens. Surtout pas de Y, je n'aime pas cette lettre. Et puis, aucun Breton dans la famille. Au contraire. Enfin, non, ça n'existe pas, le contraire d'un Breton, je crois. Si vous voyez… Et Chauchat comme la Clawdia du même nom, vous avez lu *La Montagne magique,* je suppose, donc pas besoin d'épeler, sinon il y a aussi l'inventeur du Chauchat, le fusil-mitrailleur de la Grande Guerre. Mais je ne préfère pas savoir si nous sommes apparentés, trop de morts sur la conscience d'un fusil qui s'appelle comme moi. Alors que Clawdia… Bref. Pourquoi le violoncelle ? Bach, je parie. Donc oui, vous aurez droit à Johann Chauchat pour arriver jusqu'à Johann Sebastian. C'est ridicule, ces Français qui l'appellent Jean-Sébastien. Il n'était tout de même pas maître de chapelle à Versailles. Malheureusement pour nous : Johann, pas Jean. Ma grand-mère était autrichienne. Rien à voir avec la Thuringe de Bach et de Luther. Seul point en commun donc, Johann. Ce sera Johann pour vous, et deux fois par semaine. Solfège et pratique instrumentale. Enfin, crin-crin, vous verrez. Non, vous entendrez surtout. Vous lisez la musique ? Drôle de question pour un libraire, je sais, je sais. Bon, à jeudi, six heures et demie, la secrétaire vous a expliqué ? Au revoir. »

Il détacha chaque syllabe de cet « au revoir » comme s'il était un étudiant japonais au laboratoire de phonétique, après avoir débité son monologue sans me donner l'impression d'avoir respiré ne serait-ce qu'une fois, et sans attendre la moindre réponse à ses questions. Je ne savais pas quoi en penser et me dis seulement « Ça commence bien ».

Johann Chauchat portait des pantalons moulants en velours mauve ou jaune bouton d'or, évasés vers le bas, et des vestes à grands carreaux. Ce qui ne passait pas inaperçu à Bar-sur-Aube. On pouvait le croiser sifflotant dans la rue, ou le regard vitreux au café du Commerce. Souvent il transportait son instrument comme s'il s'agissait d'un précieux vase Ming, il m'arriva de le rencontrer alors qu'il pleurait, mais même dans ces moments-là il me gratifia sous ses larmes d'un sourire généreux. Je ne pus juger de ses méthodes d'enseignement, mais il me faisait souvent rire lors de ces deux rendez-vous hebdomadaires, le mardi à l'heure du déjeuner et le jeudi soir après la fermeture de la librairie. J'étais son unique élève adulte, mais je ne suis pas sûr que cela fît une grande différence pour lui, tant sa méthode semblait basée sur la répétition de gestes simples. Il aimait montrer, avant de faire exécuter, encore et encore. Pour la partie solfège, il comprit vite que je n'avais pas la moindre idée de quoi il parlait, donc là aussi il s'adressa à moi comme à un enfant. Il m'avait commandé un manuel intitulé *Méthode du jeune violoncelliste*, par Louis Feuillard. « Bon, pour ce qui est de la jeunesse, on repassera ; pour le reste, c'est la meilleure méthode d'apprentissage que je connaisse, alors trentenaire ou pas... » Ses explications étaient claires et précises, et il voyait loin. Apprendre à tenir l'archet, faire sonner les cordes à vide et retenir quelle note correspondait à quelle corde, *do*, *sol*, *ré*, *la*, puis s'attaquer aux positions de la main gauche sur la touche. Des gammes, des exercices, encore et encore, des petits morceaux ensuite, des concertinos ou des sonates, Bréval, Duport, Romberg. *Enfin, ce genre de choses, vous voyez ?* Je ne voyais rien du tout, j'écoutais, et je notais. « Si vous travaillez vraiment, et si vous voulez jouer du Bach comme si votre vie en dépendait, on pourra s'attaquer au prélude de la *Première suite* dans un an et demi, deux ans peut-être. Vous verrez, c'est tout en arpèges, presque pas de déplacements. Et Dieu que c'est beau. » Il avait dessiné la ligne d'arrivée, et je me sentais une énergie qui me rappelait les meilleurs moments de mes études, ces épiphanies quand tout d'un coup une émotion forte au milieu d'une lecture me rendait indiciblement heureux. Mais nous n'étions qu'au début, et les premières leçons devaient être absolument effroyables pour lui : quel que fût le geste que j'essayais d'imiter, à chaque fois je produisais un bruit épouvantable, quelque part entre le râle, le couinement et la toux sèche. Il replaçait mes doigts sans jamais perdre son calme, me montrait encore et encore comment tenir l'archet, m'encourageait à la moindre petite lueur d'espoir, quand par accident j'arrivais à faire surgir un son, et non plus un bruit, qu'il me faisait répéter, répéter inlassablement, sans jamais se fatiguer, jusqu'à ce que je comprenne quelle corde produisait quelle note, et comment la pincer pour monter ou descendre, produire une note plus aiguë ou plus grave. L'étape suivante pour lui consistait à me montrer sur son propre violoncelle ce qu'étaient une octave, une tierce, une quinte. J'étais émerveillé par la pureté des harmoniques, et totalement incapable de les reproduire, ce qui m'exaspérait au plus haut point. Si mon professeur, lui, ne montrait aucun signe de lassitude, j'étais quant à moi totalement déprimé après quelques semaines, convaincu que je n'y arriverais jamais, et que tout cela avait été une très mauvaise idée. Il s'écoula au moins trois mois avant que je ne reprenne un peu d'espoir. Et quand, ce jour-là, je réussis à reproduire trois notes bien nettes sur trois cordes différentes, en tenant l'archet comme il fallait, le grand sourire qui illumina le beau visage de Johann Chauchat fut ma récompense et le signal que l'aventure continuait : j'allais peut-être parvenir à dompter cet instrument diabolique après tout. Johann m'enjoignit d'être moins timide, de serrer le corps de l'instrument avec mes cuisses comme pour enrouler les jambes autour des hanches de la femme aimée, enfin *de qui tu veux*, se corrigea-t-il en riant. Petit à petit, je parvenais non plus à enchaîner trois notes, mais des gammes entières, et j'y prenais un plaisir difficile à dissimuler. Du coup, Johann s'en amusait, et profitant du fait que j'avais fait des progrès en solfège, jouait à me lancer « Allez, *sol* majeur », puis « *Ré* majeur maintenant, et tu enchaînes avec *do* majeur », avant de me tester : « Tu te souviens de la différence entre *do* majeur et *do* mineur ? Je joue, et tu me dis ce que tu entends, d'accord ? » J'avais pris goût à cette mathématique des sons, ces demi-tons et tons qui par un simple jeu de permutation changeaient la couleur de la gamme, mais à part lui répéter ce que j'avais appris par cœur dans mon cahier de solfège sur la place des tons et demi-tons, je ne savais pas comment répondre à sa question. Qu'entendais-je, au juste ? Johann ne me pressa pas, cette première fois. Il conclut le cours en me demandant d'alterner autant que possible des gammes en majeur et en mineur, de bien écouter, encore et encore, et de lui dire la prochaine fois ce que j'avais *vraiment* entendu.

Je n'avais jamais vu la moindre mention d'elle et de ses tableaux nulle part, ce n'est pas exactement du Picasso, mais au moins elle a eu la bonne idée de léguer sa grande maison à l'État israélien, qui y a installé un joli café, en plus d'une petite exposition de ses aquarelles, et cet endroit est exactement ce qu'il me fallait, loin du bruit et de la fureur de la ville, peut-être trouverais-je même dans les œuvres de cette Anna Ticho quelque chose de nature à me réconcilier avec ce voyage, il faut croire que l'incident de la Via Dolorosa n'a pas aidé, et même ici, en reprenant mon souffle après une matinée à grimper sur le mont des Oliviers afin d'admirer le panorama depuis l'est, je me demande si elle se trouve encore à Jérusalem ou autre part dans le pays, si je risque de tomber à nouveau sur elle et son groupe de pèlerins ou si je ferais mieux d'oublier tout ça. Mais pourquoi réussirais-je mieux ici alors que j'ai échoué toute ma vie ailleurs, tout m'est revenu avec une force décuplée, au contraire, il a suffi de son profil entrant dans mon champ de vision, ce port de tête qui n'appartient qu'à elle, et je me retrouve de nouveau à méditer sur ce que j'ai perdu et quel sens donner à mon histoire, ou devrais-je dire *notre* histoire ? Tous ces gens venus ici, comme Anna Ticho, née à Brno en Bohême – et visiblement, elle a croisé Schiele à Vienne avant d'émigrer ici et d'épouser son cousin –, ont-ils fait la paix avec ce qu'ils ont laissé derrière eux, non seulement ce qu'ils possédaient déjà, mais surtout la vie qu'ils auraient pu avoir s'ils étaient restés, d'autant que ce n'était pas forcément leur choix, comme ce ne fut pas le mien non plus de vivre ma vie sans Madeleine et, au bout du compte, j'aurai seulement été le libraire d'une poignée de lecteurs, rien d'autre, le jour où je prendrai ma retraite, seul Émile se souviendra encore de moi, et peut-être Johann, où qu'il soit, s'il est encore en vie. Anna Ticho n'avait pas d'enfants elle non plus, elle laisse des centaines d'aquarelles néanmoins, des paysages hiérosolymitains, des portraits aussi, surtout des femmes arabes, ou bédouines, et un café à son nom – à deux pas du cœur de la ville – assurera sa postérité mieux même que son œuvre artistique, mais, comme me faisait remarquer Johann, la postérité n'intéresse que les vaniteux, et quand je pense à lui, j'espère qu'il n'a jamais cessé de jouer, il était trop indiscipliné pour faire carrière et se plier aux règles, il ne laissera donc aucun enregistrement, mais s'il a continué à enseigner, je ne suis pas le seul à avoir une dette envers lui, le seul à qui il aura laissé quelque chose, et n'est-ce pas la plus belle façon de se survivre ?

Je ne sais plus si c'était pour la première gamme exécutée de manière parfaitement juste ou pour un exercice de Feuillard un peu plus complexe, mais ce jour-là Johann était si content de moi qu'il m'invita au restaurant. Au café du Commerce, pour être précis.

« Au diable les conventions. Ça se fête ! déclara-t-il. Je t'invite à dîner. » Aucun argument pour refuser ne m'était venu spontanément à l'esprit, et c'est ainsi que nous nous sommes retrouvés assis à une table d'angle dans la grande brasserie de Bar-sur-Aube, à essayer de sortir du schéma professeur-élève, ce qui semblait difficile pour moi surtout, à en croire l'aisance visible de Johann et son débit de paroles impressionnant. Assez vite, il faisait les questions-réponses avec une assurance et surtout une intuition déconcertantes.

« La musique, Bar-sur-Aube, tout ça, c'est à cause d'une histoire d'amour malheureuse, c'est ça ? J'en étais sûr. Quelle idée, avoir une librairie ici, pour quelqu'un comme toi. »

Il m'apprit qu'il avait passé son enfance et son adolescence à Vienne. « Formidable pour la musique, formidable, vraiment. Pour le reste : circulez, il n'y a rien à voir. Une petite ville de province à l'esprit étriqué logée dans les palais pompeux d'une capitale d'Empire englouti. Mon père travaillait pour les Nations unies, ma mère passait l'essentiel de ses journées dans les cafés à boire ce que les Viennois appellent *eine Mélange*, ou des boissons moins innocentes. Quant à moi, entre le lycée français auquel mon père avait tenu et le Conservatoire, je finissais par être suffisamment occupé pour ne pas trop les gêner, malgré, enfin, tu vois... ils avaient tout de même un peu peur du scandale, avec un garçon comme moi. Du coup, le violoncelle, je me suis acharné dessus. Il fallait bien faire passer le temps, et les envies inavouables. Puis Paris, après le bac. Mon père prétendait qu'il fallait me débarrasser de cet accent viennois *traînant* et m'a imposé à une vieille cousine – elle lui devait sans doute quelque chose, pour s'exécuter aussi promptement en me logeant dans sa chambre de bonne, rue des Archives. J'étais inscrit en musicologie à la Sorbonne, mais c'est surtout le conservatoire rue de Madrid qui occupait mes journées. Puis mon père s'est souvenu de moi, l'été de mes vingt et un ans, mais ça, c'est une autre histoire... À ce moment-là, j'étais encore chaste comme un moine, pas franchement précoce, je te le concède. »

Cette soirée au restaurant fut un tourbillon, et lorsque Johann me fit ses confidences, il avait déjà beaucoup bu, du champagne en apéritif, du blanc ensuite, et encore du champagne pour accompagner le dessert. Nous étions un jeudi soir et je ne le revis pas jusqu'au mardi d'après pour notre cours de solfège, où d'emblée il mit les choses au point : « Robert, nous sommes amis maintenant, et nous allons nous voir souvent, crois-moi. Mais le mardi midi et le jeudi en fin de journée, je ne serai plus ton ami. Je serai ton professeur de violoncelle et rien d'autre. Car, sinon, nous n'allons jamais y arriver. La musique est une affaire sérieuse. Tu veux Bach, tu auras ton Bach, promis. Mais, pour ça, il faudra travailler. Encore et encore. Inlassablement. Pas de place pour l'amitié dans cette histoire. Entendu ? »

Quinze jours après, il renouvela l'invitation, mais chez lui cette fois, en précisant que c'était minuscule, heureusement que la cuisine était suffisamment équipée pour me recevoir. J'eus droit à des escalopes viennoises et un gâteau au fromage. « Recettes de ma mère. Elle ne savait pas faire grand-chose, mais ça, elle le faisait bien. » Il me servit un sancerre blanc pour accompagner le repas. Est-ce sous l'effet de l'alcool que cette fois-ci j'acceptai de lui confier des choses tues depuis des années, ou simplement parce que j'en avais besoin, et que Johann m'inspirait confiance ? Il m'écouta sans m'interrompre, puis me dit : « Tant que le bonheur de l'avoir connue pèsera plus lourd que la douleur de l'avoir perdue, tu n'es pas trop à plaindre. Sache tout de même que ça ne durera pas toujours. En attendant, tu auras le temps d'apprivoiser maître Bach. Sa musique aide à comprendre, tu verras. J'ignore toujours pourquoi, après toutes ces années. Mais elle aide à vivre, c'est ainsi. »

Ce dîner fut le premier d'une longue série. Chez lui – il aimait cuisiner – ou plus rarement chez moi, parfois au restaurant, ils se confondent dans ma mémoire. En tout cas, je finis par comprendre comment Johann avait atterri à Bar-sur-Aube. Il avait débuté une carrière de soliste, et en plus d'être le remplaçant attitré dans plusieurs quatuors, il avait réussi à trouver un agent artistique qui croyait en lui. Des concerts en Allemagne et en Autriche surtout, de temps à autre un engagement lors d'un festival en France, il était sur le point de commencer une vraie carrière. Un jour pendant une répétition, il eut la sensation d'être dévoré des yeux par un membre de l'orchestre avec lequel il allait jouer en Belgique. Il eut vite fait d'identifier le jeune homme – hautboïste solo – et s'amusa, dans les jours qui suivirent, à lancer des regards appuyés dans sa direction. En réponse, les joues en feu de l'intéressé ne lui laissèrent aucun doute, mais il attendit le dernier jour de la mini-tournée, encore dans l'euphorie des applaudissements, pour l'aborder franchement : il le suivit dans les toilettes.

« Tu vois, ce fut à la fois le début et la fin de notre histoire d'amour. Nous n'avons pas eu de chance, ou plutôt, nous avions les lois de la physique et des cloisons pas très solides contre nous. Nous étions à notre affaire – je ne vais pas te faire un dessin – quand tout d'un coup la porte a cédé, et nous nous sommes retrouvés par terre, dans une position plus qu'indélicate, l'un sur l'autre, sous le regard incrédule de quelques musiciens en train de se laver les mains ou de se rafraîchir. » Ce n'était pas tout : Samuel – l'hautboïste – s'était cassé les deux poignets en tombant sur le carrelage des toilettes de ce théâtre belge. L'affaire fit grand bruit dans le milieu des orchestres symphoniques, et avant même de pouvoir enlever son plâtre, Samuel avait reçu sa lettre de licenciement, et Johann, via son agent, des annulations de tous les concerts prévus.

Leur histoire dura le temps de la convalescence de Samuel – et Johann avait les larmes aux yeux en évoquant ces quelques semaines de cohabitation –, mais ne résista pas aux difficultés économiques résultant de leur double chômage et à l'absence de perspectives communes. Johann saisit alors l'occasion de l'annonce publiée par l'école de musique de Bar-sur-Aube en se disant que, sûrement, les racontars dont le milieu musical avait fait des gorges chaudes pendant quelques semaines n'étaient pas arrivés jusqu'au bord de l'Aube, dans la petite ville devenue la mienne, et qu'il s'y cacherait le temps qu'il faudrait. Il arriva à peine quelques jours avant ma *crise mystique* – c'est ainsi que Johann appela cet épisode à chaque fois que nous en parlions – déclenchée par cette suite pour violoncelle de Bach entendue à la radio.

Johann passait du rire aux larmes et des détails les plus loufoques – comme la position exacte dans laquelle il avait fini sa chute avec son amant à Gand – aux considérations les plus pertinentes sur cette capacité mystérieuse de la musique à nous émouvoir. Pourquoi une modulation, une quinte mineure, une montée chromatique ont-elles ce pouvoir sur nous ? Quel est ce langage secret que notre corps comprend quand nous jouons ou écoutons de la musique, ce discours sans paroles qui nous touche à notre insu, qui nous happe, nous mord, nous étreint ?

« Pourquoi aimons-nous Schubert et Bach plutôt que Berlioz ou Wagner ? Ou l'inverse ? On a beau faire des heures de solfège, puis encore autant d'heures à s'acharner sur nos cordes, seul ou en orchestre, plus on avance, plus l'énigme s'épaissit, non ? »

Il fit une pause, me sourit.

« Et en plus je ne sais même pas où est Samuel. »

Puis, sans transition, il se mit à chanter à tue-tête. *When the moon is in the seventh house, and Jupiter aligns with Mars, Then peace will guide the planets, And love will steer the stars.* Sa voix claire résonna dans son minuscule appartement à peine meublé. Nous étions à nouveau au Théâtre de la Porte-Saint-Martin en juin 1969, il suffisait de fermer les yeux. La musique possède aussi ce pouvoir-là. Mais, en écoutant Johann chanter cet air tiré de *Hair*, je me rendis compte que l'excitation de l'époque *Peace and Love* renfermait autant de drames que d'amour et de paix. Ce fut vrai pour le spectacle sur scène comme pour ma rencontre avec Madeleine. Deux histoires d'amour, peut-être, mais nul alignement des planètes pour autant.

« TU SAIS, pendant que tu te promenais au parc avec Madeleine – pour ne mentionner que les choses à peu près honorables dont vous vous êtes rendus coupables – , moi aussi je me suis fait dépuceler. À New York, pour être précis. Mon père devait assister à une commission aux Nations unies et, une fois n'est pas coutume, il s'était souvenu de mon anniversaire et voulait le fêter avec moi sur place. C'était mes vingt et un ans, il faut dire. Devenir majeur, aux yeux de mon père, ça valait bien une promenade dans Central Park et une soirée au Carnegie Hall. »

Je crois que cette fois-ci nous étions chez moi, un soir où j'avais dû préparer un coq au vin – une des rares recettes que je maîtrisais, grâce à un livre de cuisine qui attendait preneur à la librairie –, lorsque Johann commença le récit de son séjour à New York, en juin 1969. J'avais conscience qu'il aborda ce sujet en partie pour me faire parler encore de Madeleine, en mettant en avant la simultanéité des événements. Son père, ou plutôt la secrétaire de ce dernier, avait tout organisé. Deux chambres au Carlyle, un concert en plein air, et un autre à Carnegie. Le reste du temps, son père assurerait des rendez-vous professionnels, et lui aurait du temps pour visiter les musées, découvrir la ville – en tout cas, c'était ça, l'idée. Le soir même de leur atterrissage, son père l'amena donc voir *Aïda* en version concert, au Sheeps Meadow, en plein cœur de Central Park. Malgré le ténor héroïque qui beuglait, et en dépit de l'enthousiasme de la foule, qui semblait aimer se faire vriller le tympan, Johann s'endormit, au grand dam de son père. Trois jours plus tard, ils avaient deux places pour un récital à Carnegie Hall, mais son père eut un empêchement de dernière minute et lui fit savoir par le concierge de l'hôtel qu'il devait s'y rendre seul. Johann n'avait pas la moindre idée de qui était Martha Reeves, dont le nom figurait sur les billets, son père non plus d'ailleurs, mais ce dernier avait décrété qu'on ne pouvait pas se tromper, c'était Carnegie Hall après tout, la crème de la crème. Malgré cela, il n'était pas là, et Johann hésita à y aller sans lui, puis, craignant la réaction de son père, il se mit finalement en route. Pour se rendre compte, une fois sur place, qu'il ne s'agissait nullement d'une cantatrice lyrique encore inconnue en Europe, comme l'avait supposé son père, mais d'un trio célèbre venu de Détroit : des stars de la Motown, cette musique noire qu'il ne connaissait que par le nom. Le concert démarra sur un rythme qui prit Johann de court, la voix puissante de Martha Reeves, toute en paillettes et flanquée de deux choristes habillées à l'identique, le cloua sur place, habitué qu'il était aux nuances plus feutrées pratiquées dans les conservatoires de Vienne et de Paris. Tout le monde dans l'auditoire s'était levé et les gens bougeaient dans le rythme syncopé, en tapant des pieds et en reprenant les refrains qu'ils semblaient connaître par cœur. Rien à voir avec l'ambiance des concerts auxquels il s'était rendu jusque-là et à laquelle il s'était attendu. L'extase collective atteignit un point culminant quand Martha Reeves entonna *Dancing in the Street*, et c'est à ce moment-là que Johann se rendit compte que son voisin, chemise blanche et fine cravate noire, le regardait avec insistance. Quand il réagit par un timide sourire, ce dernier lui susurra à l'oreille : « Would you care for a drink afterwards ? » Johann était dans un état second, le swing de la musique, l'énergie électrisante de la chanteuse, l'ambiance dans la salle et la foule bigarrée, tout lui paraissait extravagant, nouveau et exaltant. Il suivit sans hésiter le garçon qui s'était présenté comme étant Nathaniel – en réalisant que ce dernier avait dû l'observer depuis le début du concert – et qui le fit monter dans un taxi pour Greenwich Village. Il lui mit la main sur la cuisse et posa les questions d'usage. Johann s'exécuta et raconta sommairement : Vienne, Paris, le violoncelle, son père et ses obligations à l'ONU. Mais il avait la tête ailleurs. Il savait ce qui allait se passer, et il le voulait. Le verre que Nathaniel lui fit boire dans un bar sur Christopher Street n'était rien d'autre qu'un prélude, une manière de préparer un peu plus en douceur ce qui allait suivre, inéluctablement. C'était un garçon assez ordinaire, mais ses yeux verts très perçants le rendaient très sexy, la situation l'était encore plus, il en avait envie et ne voulait surtout plus se poser la moindre question.

« Sais-tu quel jour nous étions ? Le 27 juin 1969. Ça ne te dit rien ? C'est normal. Toi, tu te souviens du 20 juillet et du premier homme sur la Lune, parce que Madeleine t'avait abandonné le matin même, moi je me souviens de la nuit du 27 au 28 juin. Tu vois, lorsque j'ai enfin quitté l'appartement de Nathaniel, non sans avoir appris tous les rudiments de ce qu'il faut savoir sur la bagatelle entre garçons, le quartier était à feu et à sang : la police avait fait une descente au *Stonewall*, le bar où nous avions pris un verre quelques heures plus tôt. »

Le tempérament de Johann lui avait permis de se sentir en confiance avec moi après seulement quelques dîners. Nathaniel, Samuel, New York, les aventures avec quelques musiciens avant Samuel, je finissais par tout savoir sur sa vie, dans les moindres détails. Je mis plus de temps à lui confier mon histoire, nous étions si différents. Et pourtant, nos vies d'hommes avaient changé pour toujours au même moment ou presque, en ces mois de juin et de juillet 1969, à New York et Paris.

DEPUIS L'ÉTÉ CALAMITEUX de ma filature à Sète, deux ans plus tôt, je n'avais pas pris de vacances. Maurice ne comprenait pas pourquoi je refusais de partir en Normandie avec lui, sa femme et le petit Émile, mais j'ai préféré réduire la fermeture de la librairie à quinze jours et rester chez moi plutôt que de m'infliger le rôle de la quatrième roue du carrosse pendant des vacances familiales. Cela faisait donc deux ans que je n'avais pas quitté Bar-sur-Aube quand Johann me proposa de partir quelques jours avec lui. « Des festivals en province, me disait-il, ce n'est pas ça qui manque. Je vais passer quelques coups de fil, j'ai encore des contacts, peut-être même que je trouverai à remplacer quelqu'un à la dernière minute, qui sait. Gageons qu'on commence à oublier un peu le scandale Chauchat... » Je compris alors que celui qui était devenu un ami indéfectible en deux ans de cours de violoncelle espérait encore relancer sa carrière, après son retrait involontaire, et se produire ailleurs qu'à l'école de musique de Bar-sur-Aube, chez lui ou chez moi. Mais ce premier été ne lui apporta aucune bonne nouvelle sur ce front. La Chaise-Dieu, Saintes, Sisteron marquèrent les premières stations de notre périple estival, mais aucune défection de dernière minute ne permit à Johann de remonter sur scène. Il arriva même qu'il fût accueilli fraîchement par certains musiciens ou chefs d'orchestre. Mais, à chaque fois, il se reprit vite en m'expliquant la nature du programme et les particularités des artistes. Je découvris son monde – celui auquel il cherchait toujours à appartenir –, mais aussi l'intensité des concerts. La musique surgissait sous mes yeux, ne venait pas de mes 33-tours, mais de l'estrade dressée devant nous, la plupart du temps dans une église, et me procurait une excitation et une jouissance difficiles à contenir. Alors je compris un peu mieux ce que tout cela devait représenter pour Johann. J'étais heureux, tout un univers s'ouvrait à moi, et je ne me sentais plus seul.

Nous avons passé cinq étés à sillonner les routes des festivals. Une seule fois, il m'a été donné de voir Johann sur scène. C'était à Saint-Robert, aux confins de la Corrèze et de la Dordogne. Johann avait plaisanté sur « Robert à Saint-Robert » quand il avait entendu parler de la manifestation créée récemment, cela l'amusait, du violoncelle avait même été programmé lors de la première édition du festival, et il ne connaissait pas la région. Autant de raisons pour pousser sa petite voiture jusque-là et découvrir un village fait de belles bâtisses en pierre blonde et aux toits bicolores en ardoises et tuiles, d'une vue dégagée sur les collines des environs, jusqu'à la chaîne des Puy, ainsi que d'une église romane étonnante. Les concerts se déroulaient dans le chœur de cette dernière, face à une nef aux proportions très réduites – les guerres de religion étaient passées par là, nous expliqua le directeur du festival, à qui Johann était allé se présenter à l'issue du premier concert. Puis le miracle tant attendu se produisit : le lendemain, le violoncelliste prévu pour assurer la troisième soirée avait raté son train à Paris. Jour de chance pour Johann, enfin.

Pour moi, ce fut l'occasion d'entendre mon ami interpréter la dernière suite pour violoncelle de Bach en public. Ce n'était plus l'heure des répétitions, de la pédagogie ou de la technique. Johann devait empoigner l'œuvre tout entière, la faire résonner sous cette haute voûte romane, la faire chanter aussi. Il le fit avec une rage contenue qui me bouleversa.

Le lendemain, nous étions invités par le comité d'organisation, ou plutôt Johann l'était, en guise de remerciements. On lui devait une incontestable réussite alors que la soirée avait paru compromise, cela valait bien un déjeuner campagnard. Je me retrouvai assis à côté d'un bénévole du festival, cheveux gris et regard direct. « Appelez-moi Michel. » Je me tins à des présentations un peu plus formelles et ajoutai que j'étais un élève de Johann. Quand il entendit mon nom de famille, il me dit de but en blanc, sans hésiter une seconde : « Ça alors, mon oncle a caché des Stobetzky pendant la guerre. Ça s'oublie pas, un nom pareil. Pas de chez nous, si vous voyez ce que je veux dire. Sans vouloir vous offusquer. » Je ne l'étais nullement, mais je me sentais obligé de lui dire que je ne savais rien du périple de mes parents pendant ces années-là. Devant sa mine surprise quand je lui avouai mon ignorance, je lui expliquai qu'ils étaient décédés quand je n'avais même pas onze ans, avant d'être en âge de m'intéresser à leur vie pendant la guerre. Je compris néanmoins au bout de cinq minutes qu'il ne pouvait pas y avoir de hasard. Johann m'avait bien amené dans le village qui avait permis à mes parents de survivre. Il me fallut cinq minutes de plus pour saisir ce que j'aurais dû saisir dès le début : je ne devais pas seulement mon existence, mais également mon prénom au village de Saint-Robert. Au moment où le repas était sur le point de s'achever par un café accompagné d'un gâteau aux noix, Michel me proposa de me montrer les lieux. Nous n'eûmes pas besoin d'aller bien loin. À quelques dizaines de mètres de l'église, il tourna dans une petite rue nommée Octave-Villotte. Je m'en souviens précisément parce que Michel, en passant, grommela quelque chose comme : « Drôle de prénom, Octave, non ? Vous qui êtes musicien, c'est bien un truc de votre solfège, non ? » dans sa barbe. Et, en s'arrêtant dix mètres plus loin sur la droite : « En tout cas, c'est ici qu'ils ont trouvé refuge, les Stobetzky, pendant la guerre. » Une jolie maison en pierre, simple, avec six marches menant au rez-de-chaussée surélevé et, juste en dessous de la porte d'entrée, un volet qui devait fermer une ouverture dans le soubassement, plus petite qu'une porte, mais plus large qu'une fenêtre. « Je crois que ça servait de cellier à mon oncle, avant, je veux dire… La maison a été vendue après sa mort, à des Parisiens qui viennent rarement. Dommage, sinon, je vous aurais fait entrer. » Je me trouvai devant la cache de mes parents pendant l'Occupation et j'étais incapable de trouver les mots, comme enfermé dans cette sensation d'en savoir trop peu pour comprendre. Toujours et encore ramené à ces bribes de souvenirs qui me rattrapaient, même dans un petit village de Corrèze dont je n'avais jamais entendu parler. Des traces, rien de plus. Pas assez pour être nostalgique, et trop pour être libre de ce passé qui n'était pas tout à fait le mien. Mes parents avaient passé les années de guerre ici, dans l'angoisse d'être découverts, sans le moindre doute. Selon toute vraisemblance, j'avais été conçu dans cet entresol devant lequel je me trouvais, juste après le départ de l'occupant nazi de la région. Toutes ces informations s'entrechoquaient dans mon esprit, je parvins tout juste à articuler « Merci de m'avoir montré ça » en faisant un signe de tête à l'homme qui venait de me révéler *d'où je venais*. Dans la seconde d'après, je pensai à Madeleine, et j'en ressentis de la honte. Elle aussi m'avait laissé plus d'incertitudes, plus de questions que de réponses. À sa rencontre, j'avais eu l'impression de renaître. J'ignorais encore à cet instant-là que son envie de partir avec un autre que moi allait l'emporter. Nul besoin d'une pneumonie pour réduire tous mes désirs à néant, quelques mots griffonnés sur un papier avaient suffi pour cela.

Johann, pendant ce temps, avait fait une autre découverte. Le directeur du festival lui avait proposé un tour de l'église pour lui donner quelques explications sur l'histoire de l'édifice. On lui montra un crucifix prétendument rapporté de la bataille de Lépante

– pourquoi en Corrèze, ça, personne ne le savait –, dont le visage du Christ offrait une face tourmentée si on le regardait par la gauche, et une expression d'apaisement par la droite. Mais c'était une statue de saint Maurice qui retint son attention, dans une petite chapelle latérale. Selon son guide de circonstance, elle se trouvait là à cause de la source miraculeuse dédiée au même saint en contrebas du village et dans laquelle les mères baignaient leurs enfants chétifs depuis le Moyen Âge pour qu'ils en ressortent fortifiés. « Je crois que nous avons trouvé non seulement pourquoi tu t'appelles Robert, mais aussi pourquoi ton petit frère s'appelle Maurice. » Je crus lire un peu de joie espiègle sur son visage, comme s'il était fier d'être à l'origine de ces découvertes en série qui me laissaient un peu chancelant.

Peu de temps après notre retour de Saint-Robert, Johann et moi avions prévu de dîner ensemble au café du Commerce, et j'étais joyeux et pressé d'en finir avec ma journée de travail. Juste avant la fermeture, cependant, un inconnu entra dans la librairie et s'adressa à moi sur un ton que je trouvai étrangement conspirationnel. Il commença à s'embrouiller dans une longue diatribe au sujet du secret professionnel, le fait que je devais en voir, *des histoires*, mais que j'étais certainement un homme ouvert d'esprit, à force de lire tous ces livres. *Et discret.*

Je ne voyais pas où ça allait mener et commençais à m'impatienter lorsqu'il finit par lâcher qu'il cherchait un cadeau d'adieu. « Un livre pour lui faire croire que je l'ai aimée, vous voyez ? Ça doit exister, ça, non ? Parmi tous ces livres que vous avez... il doit bien en exister un qui lui ferait comprendre ça, non ? Vous voyez, ce sera un peu moins dur pour elle, comme ça. » Je restai stoïque, même si j'avais plus envie de le mettre dehors que de lui vendre un livre. Il continua malgré tout à me raconter sa liaison avec une jeune femme de Bar-sur-Aube qu'il s'arrangeait pour retrouver chaque fois que sa tournée de représentant de commerce l'amenait en Champagne ; elle s'était mise à croire en un avenir commun, il ne l'avait pas découragée, ce n'était pas de sa faute après tout si elle avait cru que c'était réciproque, mais maintenant il fallait mettre un terme à tout ça, c'était allé trop loin, il était sûr que je comprenais, passer pour un plouc en lui offrant une boîte de chocolats au moment de la rupture, tout de même, il voulait un *truc* plus classe que ça, je saurais l'aider, il en était sûr, un joli petit roman, c'est bien en ce genre de circonstances, non ? J'avais presque envie de lui proposer un paquet-cadeau avec *Les Liaisons dangereuses*, mais je finis par sortir *La Princesse de Clèves* de mes rayons et lui dis : « C'est un roman sur le renoncement. Elle comprendra. » J'avais à peine prononcé ce mot, en lui rendant sa monnaie, que la présence de cet homme me devint insupportable. Au point de le bousculer presque, murmurant quelque chose comme : « Pardonnez-moi, c'est l'heure de la fermeture », et en le poussant vers la sortie, comme si quelqu'un m'attendait à la maison, et pas seulement mon professeur de violoncelle au bistrot, comme si je n'avais pas renoncé moi-même, précisément, abdiqué, rangé mon amour pour Madeleine sur une de ces étagères, comme si je n'avais pas fait semblant d'oublier qu'elle devait être *toute ma vie*, et si je ne m'étais pas arrangé avec cette solitude que je traînais, entre ma petite librairie, mon petit appartement mansardé près du pont, dans cette existence qui avait rapetissé au point de me paraître rien, une longue descente vers le néant, depuis ce soir au Théâtre de la Porte-Saint-Martin, lorsque je m'étais convaincu que tout était non seulement possible, mais que tout avait réellement commencé : mes sentiments pour Madeleine ne souffraient aucune contestation, aucun doute, et par conséquent rien ne saurait se mettre en travers du chemin. Sauf que je ne savais même pas lequel de nous deux avait renoncé en premier. Préférait-elle vraiment ce fiancé lyonnais, ce jeune pharmacien et la vie qui lui était promise avec lui, à ce que nous aurions ensemble ? Pensait-elle vraiment ce qu'elle m'avait écrit ce matin-là, à l'aube, lorsqu'elle s'était glissée hors de mon lit pour courir attraper son train et sortir de ma vie sans faire du bruit ? Que je comprendrais un jour ? J'étais moins certain que jamais de ce qu'il fallait retenir de ces trois semaines avec elle, et là, en refermant la porte derrière ce client grossier, un autre doute me noua l'estomac, cette phrase, *ce n'était pas de sa faute si elle avait cru que c'était réciproque*, si dans notre histoire elle s'appliquait aussi, il suffisait d'inverser les rôles, si c'est Madeleine qui n'avait pas osé me dire qu'elle ne m'aimait pas autant que je l'aimais, si elle avait préféré partir plutôt que de me faire souffrir davantage ? Je n'avais jamais envisagé cette hypothèse, pas un seul instant.

Ce soir-là dans notre brasserie habituelle, je touchai à peine mon plat, et Johann eut le plus grand mal à me divertir. Malgré tous ses efforts, il ne réussit pas à me faire oublier le doute que ce client avait éveillé en moi. Je dis à Johann : « Depuis tout à l'heure, quand je repense à ce que nous avons vécu, Madeleine et moi, j'ai l'impression d'avoir lu un roman en deux parties, racontant deux fois les mêmes événements : trois semaines dans la vie d'un jeune couple, un été à la fin des années soixante. Dans la première version, elle l'aime, mais le quitte pour se marier avec un autre, car elle n'a pas le choix. Il ne comprend pas, reste inconsolé et souvent en colère. Dans la deuxième version, elle n'a jamais éprouvé les mêmes sentiments à son égard que lui pour elle, mais elle essaie de le faire souffrir le moins possible en le persuadant que leur union serait tout simplement impensable. Aucune conclusion, pas de troisième partie, l'auteur ne tranche pas. Eh bien, tu sais quoi ? Je déteste ce roman. »

CE MARCHÉ GROUILLE DE MONDE à l'approche de shabbat. Les dernières courses, presque frénétiques, avant la pause. La suspension du monde. Toutes ces femmes à perruque charriant des caddies, tous ces hommes en noir chargés de sacs eux aussi, comment ne pas me demander ce qui me relie à eux, ces juifs observants dont les grands-parents sont peut-être originaires d'un shtetl voisin de celui d'où les Stobetzky se sont extraits un beau jour pour chercher une vie meilleure ailleurs – bien avant que Maurice et moi n'atterrissions en Champagne – et oublier le Talmud-Tora de leur enfance. Mais, à dire vrai, je n'en sais rien, je n'ai jamais posé de questions à personne du temps de mon enfance, trop petit ou trop indifférent, c'est seulement maintenant que l'interrogation me revient en pleine figure, au marché Yehouda Mahané où je suis retourné presque malgré moi, pour un dernier bain de foule dans cette ville que j'ai pourtant envie de quitter, car, entre tous ces religieux et la silhouette de Madeleine, Jérusalem et sa lumière dorée ne m'ont pas vraiment gâté, bien au contraire, si Émile savait à quel point ce voyage est un cadeau empoisonné, un grand neurologue comme lui verrait-il le désordre dans ma tête s'il décidait de m'ouvrir le crâne ici et maintenant ? Tant d'années à me nourrir de l'idée que mon bonheur résidait dans le passé et qu'il suffisait de ne jamais le laisser s'échapper m'ont rendu inopérant face à toutes ces questions qui m'assaillent d'un coup, et si j'abandonne cette certitude ici, entre des tables chargées de *hallot* – ces pains préparés spécialement pour shabbat – et des étals de *houmous,* cette conviction bâtie dans l'urgence du chagrin, persuadé que j'avais déjà eu plus de chance que la grande majorité des hommes d'avoir connu la félicité, et qu'il ne me fallait rien demander de plus, si je me mets à espérer autre chose, soudainement, j'ignore où cela peut me mener et il serait sans doute plus sage que je ne m'aventure pas sur un chemin aussi mal balisé, ce n'est pas parce que je crois avoir reconnu Madeleine au milieu des pèlerins Via Dolorosa – eux ne célèbrent pas un jour de repos divin, mais se croient heureux dans les pas d'un homme sur le point de se faire crucifier –, cette idée d'une *voie douloureuse* lui va si mal, même en me quittant elle n'a pas voulu reconnaître que cela lui coûtait, ou alors elle ne m'aimait pas, je ne sais plus, elle prétendait que la jouissance et la raison devaient l'emporter, c'était ça, sa religion, même si j'ignore comment cet attelage curieux de plaisir et de devoir lui a permis de traverser le dernier quart de siècle, une fois qu'elle m'a définitivement abandonné en m'envoyant cet étrange faire-part de décès. Pourtant je lui fais confiance, Madeleine était plus douée pour le bonheur que toute personne que j'ai pu croiser depuis, elle possédait une détermination si farouche que rien ne lui résistait, elle était totalement libre à l'intérieur du carcan qu'elle s'était choisi comme cadre de vie, un mari qui devait l'ennuyer et le quotidien d'épouse d'un notable de province, ce n'était pas un sacrifice, disait-elle, mais une nécessité, la vie ne saurait se résumer à un début d'été pour deux étudiants qui viennent de terminer leurs examens, et la poésie de Louise Labé ou de Paul Valéry ne saurait tenir lieu d'ambition, et c'est dans cet état d'esprit qu'elle prit le train pour Lyon, à quelques jours de son mariage en la cathédrale Saint-Jean, décidée à transformer cette existence en succès, me condamnant par la même occasion à accepter que notre chemin, de l'aube à l'adieu, n'aura duré que trois semaines. Vingt et un jours me servant de puits sans fond dans lequel mon esprit s'abreuve depuis, jour après jour. Mais, avant-hier, j'ai compris que ce puits était à sec.

Je crois que je vais m'asseoir dans une de ces petites échoppes coincées entre deux marchands, commander un verre de thé à la menthe, ne penser à rien si j'y arrive, puis rejoindre le groupe pour notre départ en Galilée.

Je connaissais Johann depuis sept ans et je commençais à penser que nos vacances de festivaliers rempliraient mes étés jusqu'à la fin de ma vie. Mais, en août 1979, Johann n'est pas rentré à Bar-sur-Aube avec moi, et je ne l'ai jamais revu. Je n'ai plus jamais eu de ses nouvelles. Plus aucun signe de vie.

Il devait passer quelques jours à Paris chez son père. *Des affaires de famille à régler.* Nos retrouvailles étaient fixées au mercredi d'après, pour un de nos dîners au café du Commerce, avant la reprise des cours le jeudi. Je l'ai attendu longtemps ce soir-là. Peut-être que je l'attends toujours.

Le lendemain, après être passé chez lui et avoir sonné sans succès à la porte, j'ai trouvé le numéro de téléphone de son père, rue La Bruyère, à Paris. « Je sais qui vous êtes. Johann m'a parlé de vous. Mais je suis désolé, je ne peux pas vous aider, je ne sais pas où il est. Johann est fantasque, vous devez le savoir. Il va réapparaître, j'en suis sûr. Ça ne fait que trois jours. Il n'y a pas lieu de s'inquiéter. Au revoir. » Chauchat père était courtois. Pas une once de chaleur. Et lors des trois appels qui ont suivi à des intervalles de plus en plus espacés – mais j'étais toujours sans nouvelles de Johann et ne savais pas à qui d'autre m'adresser –, il s'est montré toujours aussi poli. Aucune trace d'inquiétude dans sa voix, c'en était glaçant. Quand il conclut notre dernière conversation par « Je vous préviendrai si j'apprends que… enfin, vous voyez », j'ai décidé de ne plus le rappeler.

Ce samedi en rentrant de notre périple estival où il m'avait déposé à la gare de l'Est avant de rendre visite à son père, il m'avait lancé : « En attendant, n'oublie pas de te dégourdir un peu les doigts sur ton violoncelle. On va bientôt s'attaquer à une autre suite de notre maître. » J'avais réussi à jouer la première des suites à la satisfaction de Johann au bout de trois ans, et j'étais parvenu à déchiffrer des mouvements isolés de plusieurs autres, mais j'étais encore loin du compte. Faire surgir cette émotion que bon nombre de musiciens exprimaient pendant leurs concerts, ou même sur les enregistrements que j'avais commencé à collectionner, je m'en sentais toujours incapable. « Sers-toi des notes écrites par les autres pour faire entendre ce que tu ressens », ne cessait de me répéter Johann.

En arrivant chez moi après ce rendez-vous manqué, ce dîner qui n'aurait jamais lieu, j'ai sorti un 33-tours que j'avais commandé à mon disquaire à Troyes peu de temps après avoir commencé les cours de violoncelle, *Maria Callas à Paris*. Un des disques que Madeleine m'avait fait connaître grâce à son tourne-disque portatif rouge – une des traces de son passage dans ma vie. Quand j'entendis les premières notes de l'air d'Orphée, « J'ai perdu mon Eurydice », je compris tout d'un coup ce que Johann m'avait expliqué tant de fois : la musique n'exprime pas seulement la tristesse, ou la colère, ou le chagrin, tous ces sentiments – elle y répond aussi. À écouter la mélodie presque joyeuse exécutée par la voix de la Callas, des paires de croches qui montent et descendent dans une indéniable allégresse, suivies par les violons qui nous offrent la même ligne mélodique – et ce alors qu'Orphée déplore la mort de celle qu'il aime plus que sa propre vie –, les mots de Johann prenaient enfin tout leur sens : « C'est à cela que tu reconnais les grands compositeurs. Dans une suite de Bach, dans une sonate de Schubert, dans un air de Mozart, tu peux entendre tout à la fois la détresse abyssale d'un homme en deuil et la joie voluptueuse de quelqu'un qui a été comblé d'amour. La musique, quand elle sonne juste, déplore et console en même temps, elle chante la beauté du monde et se lamente de notre solitude irréductible. L'humanité a besoin de musique, car elle seule peut faire danser notre âme. »

ÉMILE EST LE SEUL, à part Johann bien sûr, à avoir entendu parler de Madeleine. Pourtant il ne comprend rien aux femmes. Après l'accident, je me suis de plus en plus attaché à lui, alors qu'il n'était encore qu'un gamin. Comme si ce drame m'avait ramené à la vie, comme si mon engourdissement n'avait que trop duré, comme s'il me fallait voir la mort de près pour me rendre compte que j'étais vivant. Mais je n'aurais jamais pu imaginer à ce moment-là qu'il deviendrait mon confident pour certaines choses, une fois adulte. Mon neveu, si difficile à déchiffrer. Et j'ignore pourquoi je continue à considérer que tout a changé le jour de l'accident, alors que le hasard m'a simplement transformé en témoin ce jour-là, aucun dommage corporel à déplorer de mon côté, seulement le spectacle d'une détresse insondable, sur cette route de campagne entre Bar-sur-Aube et Clairvaux. Je devais apporter une caisse de livres à la prison comme je le faisais une ou deux fois par an pour rendre service au directeur, qui était un client de la librairie. Nous n'étions pas vraiment amis, mais, sous prétexte de me parler d'un livre qu'il souhaitait commander ou d'un autre qu'il venait de lire, il m'avait mis dans la confidence plusieurs fois. La lourdeur de sa charge, derrière les hauts murs de cette ancienne abbaye transformée en prison de haute sécurité, ces nombreux condamnés à perpétuité dont il se demandait parfois quel sens leur enfermement pouvait revêtir, et surtout le drame de la prise d'otages de septembre 1971 qui le hantait. Une infirmière et un gardien tués par deux détenus prêts à tout pour retrouver la liberté, avec au bout du chemin la guillotine pour Claude Buffet et Roger Bontems – ce drame l'avait profondément marqué. À chaque fois que je prenais la route de Clairvaux, je repensais à nos discussions, et comment ne pas se rappeler alors que l'un des deux preneurs d'otages et condamnés à mort portait presque le même nom de famille que le mari de Madeleine, à une lettre près. Ce jour-là, la lumière avait déjà fortement baissé, France Musique diffusait du Chopin, et je me souviens d'avoir dit à voix haute que ce n'était pas la musique qu'il me fallait pour chasser mes idées noires à cette heure entre chien et loup, juste avant de voir un véhicule de police qui barrait la route. Après m'être arrêté, j'attendis une minute ou deux, j'éteignis la radio, et d'abord je ne vis personne. Je sortis de mon auto et, en m'avançant de quelques mètres, j'aperçus une voiture accidentée au milieu de la chaussée, juste devant celle de la police, et une mobylette toute tordue couchée par terre, presque sous les roues d'une deuxième voiture qui me faisait face. Un peu plus loin, une bâche bleue. Quelque chose en moi se refusait à comprendre, je balayai à nouveau du regard la scène, illuminée par les phares de la voiture de police, quand je vis un gendarme remonter le bas-côté et se diriger vers son collègue. Je l'entendis dire : « C'est la petite Weber. » Mais, là encore, je ne voulais pas comprendre, je ne pouvais pas comprendre. « C'est la fille aînée des Weber. Je l'ai trouvée à plus de vingt mètres dans les champs. Le choc a dû être terrible. » Sa voix se brisa. Il baissa la tête, la prit entre ses mains. Quand il se releva, il regarda dans ma direction, m'aperçut. Il semblait réfléchir, en me fixant, ou quelque chose juste derrière moi, et je n'osai pas bouger jusqu'à ce que, semblant se raviser, il m'apostrophe : « Vous pourriez nous aider ? » Je me demandai si je devais m'avancer vers lui – mais la vue de la bâche bleue m'en dissuada immédiatement – et comment lui répondre. Comment l'aider dans une telle situation ? J'étais pétrifié. J'acquiesçai.

Le gendarme ne dit pas un mot pendant tout le trajet. Je n'oublierai jamais ce silence. Le silence d'un homme qui s'apprête à annoncer à un père, une mère, à toute une famille, que la vie s'est arrêtée. Que leur vie, telle qu'ils la connaissent, est finie. La vie d'avant – car l'une des leurs venait de mourir, sans doute la nuque brisée, sur le bas-côté d'une route de campagne. Cet homme-là se tenait immobile, assis sur le siège passager de ma voiture, il regardait droit devant lui, et je ne savais pas quoi faire, à part le conduire à l'adresse à Proverville qu'il m'avait indiquée. En quelques mots, il m'avait expliqué que lui et son collègue s'étaient rendus sur le lieu de l'accident en une seule voiture, que son collègue devait rester sur place pour attendre les pompes funèbres, *vous comprenez, il faut enlever les deux corps*, mais qu'il ne voulait pas perdre plus de temps, car cela l'obligerait à faire l'annonce aux familles au milieu de la nuit, *c'est déjà assez terrible comme ça, vous ne croyez pas ?* Je me suis exécuté, que pouvais-je faire de toute façon, je me disais bêtement qu'avec la route barrée je serais obligé de déposer mon carton de livres à la prison un autre jour et, immédiatement après, j'ai eu honte de ma pensée, il ne me restait qu'à rendre service à ce gendarme que je ne connaissais pas, contrairement aux Weber, qui étaient des clients de la librairie, pendant que son collègue, sans doute, couvrait le corps inerte de Marianne, victime de cet accident dont j'avais vu les sinistres traces en arrivant sur les lieux, une mobylette tordue et deux cadavres sous des bâches, un homme se tenant la tête dans un des deux véhicules, dont le devant était défoncé. En conduisant le gendarme jusqu'au domicile des Weber, j'additionnai toutes ces informations dans ma tête, et ce que je lirais le surlendemain dans les journaux confirmerait hélas ce que j'avais déjà compris : Marianne Weber et son petit ami avaient été tués tous les deux dans une collision violente. « *Avant-hier en fin de journée, sur la départementale entre Bar-sur-Aube et Clairvaux, un accident meurtrier s'est produit. Le conducteur d'une berline a perdu le contrôle de son véhicule, fauchant une mobylette, avant de s'encastrer dans une autre voiture arrivant de la direction opposée. Deux morts sont à déplorer.* » Voilà ce qu'en disait la presse locale. Mais comment meurt-on vraiment à quinze ans, que ressentent un jeune homme accroché à son guidon et celle qui fut sa première et dernière petite amie, serrée contre lui, au moment du choc, quand la mobylette se retrouve prise entre deux voitures ? En m'arrêtant devant la maison des Weber, j'ignorais encore tous ces détails, mais j'avais conscience de la tâche qui attendait l'homme assis à côté de moi. Il ne dit rien avant d'ouvrir la portière, sortit de la voiture, sonna, monta lentement les marches, se tenant immobile sur le seuil de la porte. Je détournai la tête une seconde trop tard : j'avais vu un petit garçon ouvrir la porte, et la honte m'envahit. Je n'aurais pas dû être témoin de cette scène, mais que faire d'autre, derrière le volant de ma voiture, en attendant que ce gendarme qui avait sollicité mon aide accomplisse sa tâche. Les Weber venaient de temps à autre à la librairie, et je reconnus leur fils, qui devait avoir dix ans à peu près. Je savais aussi qu'il était une classe en dessous d'Émile. Mon neveu, enfant unique, ne risquait pas d'être confronté à pareille situation, mais que pouvait ressentir ce garçon ? L'effroi me fit trembler de manière incontrôlable, je ne savais pas ce que je pourrais dire à cet homme quand il redescendrait, je devrais sans doute le conduire à la gendarmerie. Ne pas lui poser de questions me paraissait la chose à faire, en même temps ne serait-ce pas manquer d'humanité et de compassion ? Pour lui et le rôle funeste qu'il venait de jouer, et pour les Weber surtout ? Comment réagirais-je la prochaine fois qu'ils viendraient chercher un livre dans ma librairie ? Comme avec d'autres clients occasionnels, il nous était arrivé d'échanger quelques banalités – mais ces notions-là n'auraient sans doute plus jamais cours dans leur vie. *Normal. Banal.* Ni pour le gendarme qui ne devait plus tarder à ressortir – combien de fois fait-on cela dans une vie de policier ou de gendarme, dans une petite ville comme Bar-sur-Aube, annoncer à des parents que leur fille gît sous une bâche bleue sur le bas-côté de la départementale ? Je ne parvins pas à formuler la moindre pensée claire dans ma tête, je me sentais seulement submergé par une vague de chagrin et de désolation. Ce jeune médecin à l'hôpital Saint-Louis qui avait dû me faire entendre ce qu'aucun enfant ne peut comprendre, que ma mère allait me laisser, elle aussi, que j'allais me retrouver seul, orphelin, et qu'il fallait par conséquent que je lui dise au revoir, avait-il réfléchi aux mots qu'il allait employer avant d'ouvrir la porte de la chambre et de me parler, comme ce gendarme en appuyant sur le bouton de la sonnette avant de parler aux Weber ? Quand il remonta enfin dans la voiture, son « Déposez-moi à la gendarmerie » fut prononcé du fond de la gorge, comme s'il voulait éviter un mot de trop. Je tournai la clef de contact, aucun de nous deux ne dit quoi que ce soit pendant le trajet jusqu'en ville, où il me salua tout aussi succinctement avant de claquer la portière et de disparaître à l'intérieur du bâtiment. J'étais à nouveau seul. Si seul que je me suis demandé pendant un court instant si je n'allais pas passer chez mon frère avant de rentrer chez moi, mais quelque chose me retint, peut-être que je ne me sentais plus assez proche de lui, et je pris alors la direction de la librairie. Il était tard, mais tout me sembla mieux que de me retrouver dans mon petit appartement près du pont sans savoir que faire de ma détresse. La librairie m'avait offert un rempart, un endroit où me cacher quand le sentiment de manque devenait trop menaçant, et quand j'avais besoin de m'occuper l'esprit et les mains pour chasser l'image de Madeleine, alors ce lieu ferait bien l'affaire au moment où, pour la troisième fois de ma vie, j'étais confronté à la mort.

J'AI HÂTE DE VOIR comment la guide va s'en sortir de cette histoire de martyrs et de suicide collectif, c'est encore moins drôle que la Via Dolorosa, à bien y réfléchir, si seulement il ne faisait pas aussi chaud, j'arriverais peut-être à me concentrer, déjà que pendant toute la descente depuis Jérusalem cet Albert dont j'ai encore oublié le nom de famille m'a parlé de ses petits-enfants, de sa maison en Normandie, il n'arrivait pas à se décider s'il fallait transformer un vieux garage en studio pour mieux les accueillir, *mais après, si ça ne sert que quinze jours par an, vous comprenez*, j'ai écouté comme si j'avais un avis sur la question, je ne sais vraiment pas comment font les gens pour imaginer que leurs préoccupations les plus triviales pourraient intéresser qui que ce soit, a fortiori un inconnu, un pauvre compagnon de voyage comme moi, mais cette idée semblait étrangère à Albert. Alors que le sable le long de la route commençait à tout envahir, dès les premiers virages en sortant de

Jérusalem, je me disais que j'allais voir le désert pour la première fois de ma vie, il était toujours intarissable sur les mérites comparés de Trouville et du pays d'Auge. On apercevait des Bédouins dans des campements et notre conférencière osa un commentaire sur *la difficile situation* des minorités en Israël, c'est bien la première fois que je l'entendis prononcer un mot susceptible de passer pour un avis critique sur son propre pays, mais c'était peut-être pour contrebalancer le récit héroïque qui allait suivre, car, si j'ai bien lu hier soir dans le guide de voyage que j'avais à peine regardé jusque-là, ça risque d'être son morceau de bravoure, un lieu majestueux, la vue sur l'immensité qui s'étend jusqu'en Jordanie, l'histoire romaine et la fidélité de tout un peuple à ses idéaux, n'importe quel guide au monde rêverait d'une combinaison aussi romanesque pour tenir en haleine son auditoire, et vu que nous ne sommes pas tous de la première jeunesse dans ce groupe, nous devrons emprunter le téléphérique et non pas le sentier un peu raide qui nous amènera à la citadelle construite par Hérode, elle aura tout loisir de nous impressionner par son exposé, je parie néanmoins qu'elle ne va pas s'appesantir sur Hérode et ses architectes, mais plutôt sur ce petit millier de zélotes retranchés sur ce rocher, ces résistants juifs au pouvoir de Rome décidés à mourir par choix plutôt que par la main de l'ennemi. Qui a bien pu rapporter que leur suicide collectif s'était en vérité déroulé comme un meurtre organisé, avec un homme sur dix désigné pour tuer ses neuf frères d'armes ou leurs familles, afin de ne rien laisser que l'occupant puisse souiller, je m'interroge toujours comment on passe de la réalité historique au mythe quand il n'y a plus personne pour témoigner, pourtant, deux mille ans plus tard, le récit est plus vivant que jamais. Mon histoire avec Madeleine ne me survivra pas, elle, seuls Johann – à la recherche de son Samuel, ou quelque part ailleurs – et Émile en sont les dépositaires, sauf si bien sûr Madeleine elle-même a trouvé à confier le souvenir de l'été 69 à quelqu'un, c'est une pensée qui me vient seulement maintenant en voyant tous ces cars de tourisme garés en bas de Massada, est-ce la crainte de la croiser à nouveau, je me rends compte que je n'ai jamais ne serait-ce qu'envisagé l'idée que Madeleine puisse parler de moi, qu'elle veuille même reconnaître mon existence dans sa vie, après cette missive qui la proclamait morte, quelle place a-t-elle donné à la mémoire de ces longues promenades aux Buttes-Chaumont et de ces après-midi sans fin à faire l'amour sur mon petit lit, inondé par le soleil qui entrait par la fenêtre, comme si non seulement ces chaudes journées de début juillet, mais tout l'été, non, toute la vie nous appartenaient.

J'y croyais, tout mon corps aussi, et la femme qui m'a donné cette sensation d'être à l'abri du malheur se trouve peut-être dans un de ces groupes de touristes à qui on va montrer la citadelle, les réservoirs d'eau et les vestiges du palais détruit, qu'a-t-elle fait de ces après-midi, de ces caresses que je lui ai prodiguées, et de toute cette jouissance, nous n'avions pas un instant pensé à nous protéger, ni même parlé des possibles conséquences de ces heures de volupté, tout cela me paraissait couler de source et ne nécessiter aucune explication, jusqu'à ce que l'annonce de ses noces imminentes, à la veille de son départ, sonne le glas de mon insouciance, je n'aurais pas pu être plus crédule, comme si *la lune dans la septième maison* annonçait réellement un mariage karmique pour moi, il faut croire que *Hair* avait failli m'en convaincre, mais je dois descendre du car et m'enfourner dans le téléphérique avec les autres, les zélotes ont beau s'être donné la mort il y a deux millénaires, leur mémoire est aussi vive que l'empreinte de Madeleine sur ma peau.

ÉMILE VENAIT d'entrer dans l'adolescence : il avait mué. Sa voix aiguë d'enfant avait laissé la place à un timbre assez rond de baryton qui lui donnait presque des airs de jeune homme. Devant cette transformation évidente, je décidai enfin de mettre en pratique ma décision de m'en occuper un peu plus. Je ne savais pas très bien ce que j'entendais par là, mais la résolution prise sous le choc de l'accident me tenait toujours à cœur, et quand il accepta ma proposition de venir me voir à la librairie tous les samedis à la fin des cours pour passer un peu de temps ensemble, cela me facilita grandement la tâche. Ce neveu, j'ignorais presque tout de lui, mais j'étais certain d'une seule chose : sa différence le condamnerait à un chemin moins rectiligne que la plupart de ses camarades, et la littérature ne pourrait que l'aider dans son parcours, quel qu'il fût. Il ne s'intéressait qu'au cerveau et à la neurologie, et ce premier samedi où nous inaugurions ce qui allait devenir une habitude jusqu'à son départ de Bar-sur-Aube, il apporta un numéro de *Science et Vie* et se mit à le lire consciencieusement, assis pas très confortablement sur le tabouret que j'avais rajouté derrière le comptoir, sans lever les yeux et sans prêter la moindre attention à ce qui se passait autour de lui. Je me dis que cette capacité de concentration était un bon point de départ, et que je trouverais bien un terrain d'entente et des possibilités d'échange avec lui si je m'y prenais bien. Au départ il ne fit pas preuve d'une grande curiosité envers mes affaires, comme il disait, mais au fil des samedis, lors de ces moments où la librairie se remplissait tout d'un coup, il se montrait plus attentif en me proposant spontanément de l'aide. Il avait compris le principe du rangement des auteurs sans que j'eus besoin de m'appesantir sur le sujet, et il fut assez vite capable d'aller chercher tel ou tel titre pour moi dans les rayons (ou dans les piles par terre) quand un client me le demandait, me permettant de rester derrière mon comptoir et d'accélérer un peu la transaction quand d'autres attendaient pour un renseignement ou pour une commande. À deux ou trois reprises, je saisis l'occasion pour lui dire : « Tiens, le livre que tu viens de me trouver pour Mme Unetelle, tu pourrais le lire toi aussi. Si on le commandait tout de suite en double ? » Il acceptait volontiers, mais faisait peu de commentaires après ses lectures, quand je cherchais à savoir si le livre lui avait plu, se contentant la plupart du temps d'un « Hmm » que j'interprétais comme plutôt approbateur.

Un adolescent secret et un libraire grincheux sans la moindre expérience éducative, nous formions un drôle d'attelage, mais, au fil des samedis plus ou moins silencieux, quelque chose finit par s'établir entre nous, un lien autre que simplement de parenté. Le livre qui le fit sortir de sa réserve ne fut pas celui auquel j'aurais pensé. J'étais convaincu qu'il ne lirait pas jusqu'au bout les *Confessions*, mais c'était bien Rousseau qui le poussa à me parler. Avait-il même conscience qu'il devait son prénom à l'auteur de ce récit biographique ? En tout cas, il me regarda droit dans les yeux quand il me dit : « Moi aussi, j'aurais des choses à confesser. » J'étais certain qu'il voulait se libérer d'un aveu dont j'étais tout aussi sûr de connaître la teneur, et je lui fis comprendre qu'il pouvait toujours me parler – et que je savais déjà. Quelques mois plus tôt, lors de son retour d'Allemagne, où il avait rendu visite à son correspondant, son comportement avait changé, de telle manière que ce qui avait été une intuition était devenu une certitude. Quand je lui dis : « Tu sais, après ton retour de Gernsheim... », il me coupa pour me demander si je parlais de *cette histoire avec Max*, j'acquiesçai, puis ce fut tout. Je n'ai jamais eu besoin de lui en reparler, mon sourire a dû suffire pour le rassurer. Il avait quatorze ans et notre relation venait de prendre un autre tour. Mon petit frère ne s'en doutait pas, il ne me demandait jamais rien à son sujet, mais il devait voir que ces samedis que nous passions ensemble nous faisaient du bien, à l'un et à l'autre. Maurice se faisait du souci pour son fils parce qu'il était solitaire et secret, et pour moi car j'étais toujours célibataire. Malgré mon statut d'aîné, et malgré notre histoire, il avait fini par s'approprier ce rôle, en inversant le schéma de notre enfance : il s'inquiétait pour moi. Cela avait commencé à mon retour à Bar-sur-Aube. Fini les rêves parisiens, et le doctorat en lettres, abandonné. Retour au bercail. Ce qui, pour les orphelins que nous étions, se résumait à la « situation » que Maurice avait trouvée dans une maison de champagne.

Je n'ai jamais cherché à expliquer à Maurice. Pour Madeleine, il ne pouvait rien faire, et pour Émile, il était incapable de comprendre. J'en étais convaincu. Peut-être voulais-je garder tout ça pour moi, n'avoir à partager ni le souvenir de Madeleine ni la relation spéciale que j'avais établie avec Émile. J'eus parfois l'impression qu'il me jugeait, en réaction à la blessure qu'il devait ressentir devant cette distance voulue par moi. À ses yeux, je suis égoïste, recroquevillé sur moi-même, ma musique, et je lui ai volé son fils. Quand il a été obligé de se rendre à l'évidence, quand il ne pouvait plus fermer les yeux sur le fait qu'Émile aimait les hommes, sa colère et sa déception ont voulu voir en moi le coupable et le corrupteur, et à la lumière de la tragédie qui venait de s'abattre sur lui, une seule explication lui sauta aux yeux : ma relation avec Johann Chauchat.

« Je commence à comprendre.

– Tu ne comprends rien. »

Deux petites phrases. Je n'avais pas envie de cette confrontation. Ni la force. Lui raconter mon histoire avec Madeleine aurait signifié mettre en péril la mémoire que je m'étais fabriquée. Lui expliquer que j'avais été le meilleur ami et non l'amant du flamboyant Johann Chauchat aurait sali l'honneur de l'homme qui m'avait sauvé, à bien des égards. Je ne pouvais me permettre ni l'un ni l'autre.

La plaie n'a jamais cicatrisé, et il m'arrive de me dire que seule la mémoire de nos parents et de leur mort précoce nous a protégés de la rupture. Comme si deux orphelins n'avaient pas le droit de rompre ce dernier lien de fraternité. Nous faisons donc comme si.

J'ai plus que ma part de responsabilité dans ce faux-semblant. Émile ne ressemblait pas à Johann, il était même plutôt tout son contraire, scientifique, rationnel, ambitieux. Mais Johann m'avait appris ce que grandir en marge, puis vivre avec cette différence-là, signifiait, et je savais qu'Émile serait un jour en mal de soutien pour y faire face. Et moi, j'avais désespérément besoin que quelqu'un ait besoin de moi.

ÉMILE NE MONTRAIT jamais ses sentiments. Il fronçait les sourcils, puis posait des questions. Livre après livre, notre discussion avançait prudemment, prenant toujours des détours, s'appuyant invariablement sur des *choses lues*, des choix faits par des personnages de roman – jamais les nôtres. Ne pas parler de nous et toujours de la vie imaginaire qui se déployait sur les étagères de ma librairie, telle semblait être la devise tacite de nos conversations. Il fallait lire entre les lignes, entendre les silences, interpréter les soupirs et les regards, ses enthousiasmes et ses critiques qui se voulaient toujours objectifs, jamais personnels. Mais au moins nous parlions – et Émile s'était mué en grand lecteur, au fil des ans. C'était déjà ça. Je le savais seul, au lycée, seul avec ses envies et ses désirs. La littérature lui offrait un peu de compagnie, et moi, une oreille et un regard bienveillants. Semaine après semaine, je me rendais compte que j'attendais avec une certaine impatience le moment où il pousserait la porte de la librairie, le samedi en fin de matinée, afin de me tenir compagnie s'il y avait peu de monde, ou de m'aider si des clients étaient encore présents, avant de me rappeler que c'était l'heure de la pause-déjeuner. Je me demandais souvent comment la rationalité qu'il mettait en avant en toute chose lui permettrait de faire de la place à la sexualité qui devait sourdre au fond de lui, sans qu'il puisse se confier à quiconque ni surtout espérer trouver quelqu'un à Bar-sur-Aube pour la vivre, et c'est ainsi qu'un jour je me décidai à lui parler de Madeleine. Il venait de finir *Mémoires d'Hadrien* et je compris que le livre l'avait remué, même s'il me détaillait surtout son admiration pour l'évocation réussie d'une période historique lointaine avec autant d'intensité. Quand il aborda le deuil d'Hadrien pour Antinoüs, en s'interrogeant sur le sens de cet amour, je saisis l'occasion. Madeleine. Émile devait avoir seize ou dix-sept ans. Il n'avait encore connu ni passion ni amour. Et pourtant, en l'écoutant parler d'Antinoüs, il me parut évident qu'il serait heureux d'apprendre que son oncle Robert, célibataire endurci et bientôt vieux garçon aux yeux de tous, n'était pas si seul, pas seul du tout même, car accompagné par la mémoire de Madeleine, autant que l'empereur romain l'était par celle du jeune Égyptien. Nous déjeunions au café du Commerce, ce jour des aveux, et je pensais bien sûr à Johann, avec qui j'avais partagé cette histoire – si c'en est une – non loin de là, et je me dis que je trouverais peut-être un jour les mots pour lui parler de mon ami disparu aussi. Émile, fidèle à son caractère, ne montrait aucune émotion, peut-être fronçait-il un peu plus les sourcils que d'ordinaire, mais, dès le déjeuner suivant, je remarquai que quelque chose avait changé entre nous. Un sourire avait fait son apparition sur son joli visage si sérieux, et je crus déceler une sorte de tendresse nouvelle dans son regard. Nous étions plus joyeux, ou plus légers, quand nous étions ensemble. Un samedi, en lui disant au revoir en fin d'après-midi, je ne pus m'empêcher de lui dire : « Je crois que tu vas en briser, des cœurs de garçons, quand tu seras à Paris. Avec cette gueule d'ange que tu as... » Émile partit dans un grand rire, tout en rougissant. « J'espère bien. » Puis, toujours hilare, et contrairement à ses habitudes, il m'embrassa sur la joue en partant. Avant d'ajouter, en se retournant : « J'ai hâte. »

Il existe bien des miracles, je dois en convenir. Après l'épreuve de cette interminable visite à Massada, j'ai réussi à éviter qu'un autre participant du voyage ne s'installe à côté de moi, dans ce car qui nous emmène en Galilée, au lac de Tibériade si j'ai bien compris, haut lieu des merveilles accomplies par Jésus, qui font que nous allons certainement retrouver tout un tas d'autres cars remplis de pèlerins venus voir le mont des Béatitudes et l'endroit où il a marché sur l'eau et multiplié les poissons, si seulement je pouvais comprendre ce que les gens cherchent, comme si les collines ou le lac portaient encore les traces des prodiges d'il y a deux mille ans – si prodiges il y a eu, ce dont je doute –, alors que ce sont des paysages, rien d'autre, et ils ne témoignent de rien, ils sont juste là, en l'occurrence j'attends de voir si les promesses de notre guide – comparant la Galilée à la Toscane, rien que ça – se révèlent exactes, car pour l'instant, de la fenêtre, je ne vois que des routes ordinaires et des collines couvertes de constructions s'empilant comme des boîtes de chaussures, rien de beau dans tout ça, un pays ordinaire, des voitures partout en *Terre sainte*, et un urbanisme visiblement gouverné par des soucis plus pragmatiques qu'esthétiques, la pierre dorée de Jérusalem et les splendeurs du désert sont loin, et comme Johann me manque à chaque fois que je suis en voyage, non pas que j'en ai fait beaucoup, mais l'habitude avait d'abord été prise en sa compagnie, puis poursuivie sans lui, la fermeture estivale de la librairie me permettant de partir à Orange, Beaune, Saintes ou plus tard La Roque-d'Anthéron et même Salzbourg, partout où un programme de concerts suffisamment alléchant m'offrait la possibilité de me sentir moins perdu, même si, là aussi, j'étais parfois regardé comme une bête curieuse, une anormalité dont il faut avoir pitié, il n'y a rien de plus difficile que de passer ses vacances sans ressentir à chaque pas le poids d'être célibataire, un peu comme si ma présence en solitaire symbolisait une attaque contre le collectif, contre ces couples et familles qui se retrouvaient, comme si un mélomane seul assistant à un concert fragilisait la jouissance grégaire qui consiste à écouter, à frissonner et à applaudir *en masse*, les regards et parfois les remarques n'ont pas manqué pendant toutes ces années. Après la défection de Johann, j'ai eu parfois envie de laisser tomber cette nouvelle lubie attrapée sous son impulsion, sous son autorité même, car lors des concerts auxquels nous avons assisté ensemble il redevenait le professeur de musique qu'il avait été pour moi avant d'être mon ami, mais, une fois seul, je compris que ces concerts représentaient bien plus qu'un passe-temps estival pour moi, que ce n'était pas de l'ordre du divertissement, ces moments où la musique *se faisait* sous mes yeux, où elle surgissait autrement que de mon tourne-disque, m'étaient devenus indispensables. Voilà l'héritage que Johann m'avait laissé.

Le départ d'Émile pour Paris méritait plus qu'un simple déjeuner au café du Commerce. Il allait me manquer. Cette routine allait me manquer. Sa compagnie et nos discussions allaient me manquer. Émile avait accueilli la confirmation de son inscription en faculté de médecine avec un lâcher-prise inhabituel et m'avait serré dans ses bras, les larmes aux yeux. Ce n'était pas le moment de penser à moi, l'heure était venue de se réjouir pour lui. Il partait vivre à Paris que j'avais fui, il en rêvait. J'avais la gorge serrée quand je lui ouvris la porte ce soir-là – j'avais mis une bouteille de champagne au réfrigérateur et décidé de l'inviter à dîner chez moi plutôt qu'au bistro pour ces adieux entre nous. Un déjeuner en famille allait suivre, mais je voulais ce moment seul à seul avec lui.

Je le félicitai avant de lui promettre des envois réguliers de livres, même si le concours de médecine allait certainement lui laisser peu de temps pour la lecture. Il me parla de Marguerite Yourcenar, d'Oscar Wilde et d'Edmund White, qu'il venait de lire, me dit que je lui avais fait découvrir *tant de choses*, puis la soirée prit un tournant imprévu lorsqu'il demanda la permission de me poser des questions au sujet de Madeleine. Il connaissait déjà l'histoire dans les grands traits et j'étais surpris par sa curiosité. Mais un détail l'avait intrigué, cela lui avait trotté dans la tête depuis un moment.

« Le petit garçon que tu as vu avec Madeleine quand tu la suivais dans les rues de Sète, tu lui donnais quel âge en fait ? »

Je ne connaissais pas la réponse à cette question, je n'y avais jamais réfléchi. J'avais à peine regardé l'enfant pendant cette filature maladroite… Je pris une gorgée d'eau pour gagner du temps, me sentant idiot, car je ne savais pas quoi répondre à Émile. Son esprit scientifique venait de faire surgir une possibilité vertigineuse : je pourrais être le père de cet enfant. Je réussis à sourire, après quelques secondes – mais Émile était habitué à mes hésitations –, et à lui dire : « C'est bien un futur médecin qui parle. Mais non, il était encore petit… Ne t'inquiète pas, tu n'as pas de cousin caché quelque part. »

Il fallait monter la chantilly pour le dessert, comme Johann m'avait appris, et cela me permit de disparaître dans la cuisine deux minutes et de reprendre mes esprits, puis de changer de sujet en revenant avec la tarte aux fraises. Mais je sais qu'Émile ne me crut pas ce soir-là. Mon affirmation était bien trop vague pour lui enlever cette idée. Quant à moi, je n'avais nul besoin d'un autre doute dans ma vie.

L'HABITUDE, tous ces gens doivent avoir l'habitude des aéroports, des contrôles de passeports et de sécurité, ne pas oublier d'enlever la ceinture, *vous avez des liquides, monsieur ?*, le jeune homme derrière son moniteur a dû me poser la question trois fois avant que je ne comprenne, on avance, on se remet dans la file, on vous dit d'aller à gauche, à droite, non, par ici, du bétail apathique ou docile ou juste résigné, heureusement que j'ai insisté pour ne pas faire le vol retour en groupe, je n'aurais pas supporté de me retrouver en chaussettes devant Albert pour passer les contrôles de sécurité, puis d'être confiné avec lui et tous les autres dans un avion, ce serait bien pire que dans les rues de Saint-Jean-d'Acre où nous avons terminé notre itinéraire hier en fin de matinée, là au moins on arrivait à respirer, l'air de la Méditerranée sans doute, l'impression que ce port ouvrait non seulement sur le large, mais sur toute l'Histoire, la ville s'appelle Akko maintenant, les Génois, les Templiers, les Ottomans sont passés par là et la guide semblait très contente de nous la montrer comme une cité modèle de la cohabitation entre juifs et musulmans, avant de nous féliciter, c'étaient ses mots, elle voulait sans doute nous donner l'impression d'être des aventuriers des temps modernes, alors que nous l'avions seulement suivie comme des moutons pendant huit jours et que des cars climatisés nous ont amenés de tous les points A aux points B pendant toute la durée du voyage, je crois que je prends plus de risques en marchant de mon appartement près du pont jusqu'à ma librairie sur la place tous les matins, et si je n'avais pas été aussi indiscipliné et rétif à la partie collective de toute cette affaire, je n'aurais pas passé plus de trois heures seul, les autres s'organisaient même pendant les moments dits « libres » pour être ensemble, cela m'était impossible, car je savais avant de venir que j'aimais la compagnie des gens avec modération, même si j'ai appris au fil des ans à apprécier les échanges avec les clients de la librairie, aucun d'entre eux n'a remplacé Johann ou Émile, j'ai certes des conversations dépassant les bavardages conventionnels ou ces commentaires littéraires qui ont cours dans une librairie, mais ces lecteurs finissent toujours par sortir de la boutique et je retrouve le calme une fois la porte refermée derrière eux, comme hier j'ai retrouvé la quiétude après la dispersion des autres membres du groupe à Akko. J'ai seulement regretté que les bains turcs près de la ville souterraine aient été transformés en musée, je crois que j'aurais bien profité d'un bain de vapeur pour juste me laisser aller, mais Tel-Aviv que j'ai rejoint ensuite seul en taxi m'a presque réconcilié avec le pays, enfin une ville où la religion n'a pas tout envahi, c'est sans doute pour ça que j'ai apprécié la promenade en front de mer, bien qu'il soit assez laid, des hôtels immondes, des tours tout droit sorties d'une série télévisée américaine, mais quel soulagement d'échapper aux béatitudes, mosquées, monastères des croisés ou bains rituels, même en Galilée on parvient à vous cacher le paysage par ces « Ici a eu lieu la pêche miraculeuse » et des « C'est sans doute ici que Jésus a prononcé le Sermon sur la montagne », plus personne ne voit la beauté du lac et la douceur des collines, et même si la guide prenait soin de n'offusquer personne et de rester dans un registre purement « culturel » – Dieu et ses sbires recouvrent tout ici, chaque pierre semble témoigner en sa faveur ou contre lui, et surtout, faire concurrence à la pierre d'à côté et à celle d'un peu plus loin, qui ont une tout autre histoire sur lui à raconter. La banalité d'une ville blanche en bord de mer, avec des cyclistes, des joggeurs et des jeunes gens à peine habillés qui n'ont que faire des exégètes de tout poil, m'a donné la bouffée d'oxygène dont j'avais besoin, et en m'éloignant un peu de la plage, non seulement j'ai été surpris par le nombre de cafés et de restaurants, mais en plus j'ai trouvé des maisons vraiment dignes d'intérêt qui s'alignaient le long des rues, je suis même entré dans une boutique pour me renseigner sur le Bauhaus, je n'en savais pas grand-chose, jamais aucun festival de musique ne m'avait attiré dans la capitale allemande de cette école d'architecture dont les meilleurs élèves ont immigré ici et participé à la création ex nihilo de cette cité dans les dunes, à bâtir *la colline du printemps*, m'a-t-on expliqué, comme autour de cette place Bialik, encore une lacune, car je ne sais presque rien de ce grand poète, Haïm Nachman Bialik de son nom complet, je vais devoir approfondir tout ça en rentrant, comme tant d'autres choses d'ailleurs, mais je dois dire que la promenade dans une ville aussi jeune et vivante, sans croiser des hommes en noir à tous les coins de rue, la tête couverte de grands chapeaux noirs ou de shtreimels, ou alors des groupes de pèlerins chantant des Ave Maria, ça fait du bien, même si cette impression si discordante avec le reste du pays que j'ai vu sème un peu le trouble dans mon esprit pour savoir quel voyage j'ai fait et quel autre j'aurais pu faire. Peu importe, je suis en avance maintenant, après avoir mis moins de temps que prévu pour passer tous ces contrôles et interrogatoires, mais il doit bien y avoir un café dans cet aéroport pour attendre l'heure de mon vol.

Je n'étais plus en colère contre Émile quand je me suis assis dans ce restaurant oriental hier soir, j'avais marché tout l'après-midi dans les rues de Tel-Aviv et la faim commença à me tenailler pour la première fois depuis le début du séjour, de plus cela me paraissait un vrai luxe de ne pas avoir à partager le repas avec des gens à qui je n'avais rien à dire, la journée avait été belle, je ressentais une légèreté qui me fait trop souvent défaut, mais tout à l'heure en longeant la mer une dernière fois, juste avant de partir à l'aéroport, j'avais envie qu'Émile soit là pour lui montrer *la plage des beaux garçons*, comme il aurait dit, et celle des religieux, elles se trouvent de chaque côté de la même petite anse, les uns se baignant dans des mini-maillots moulants, les autres tout habillés et derrière des palissades en bois, quel drôle de voisinage, et nous en aurions ri ensemble, et j'aurais pu lui dire que je ne lui en voulais plus de m'avoir infligé ce voyage dont je n'avais pas eu envie. J'aurais pu lui demander alors s'il était toujours heureux avec cet homme dont il partage la vie désormais, alors qu'il avait juré de mener son existence selon le précepte de Clawdia Chauchat, cette phrase qu'il avait soulignée en rouge dans son exemplaire de *La Montagne magique* : « Il nous semble qu'il est plus normal de se perdre, et même de se laisser dépérir, que de se conserver. » Il avait déjà commencé ses études de médecine à Paris, et je lui avais envoyé ce roman-là de Thomas Mann plutôt qu'un autre, pensant qu'il serait sensible à l'évocation de la maladie dans cette grande fresque philosophique, mais il me surprit en insistant sur le caractère subtilement sexuel du roman quand il m'appela pour me remercier. Je saisis l'occasion pour lui parler enfin – un peu – de mon ami Johann, l'occasion était trop belle, non seulement parce qu'il portait le même nom de famille que la grande séductrice franco-russe de Mann, mais parce qu'il s'était *perdu* quelque part, et qu'il l'avait peut-être choisi comme Clawdia, en accord avec ses principes de vie, qui sait, je disais à Émile que tantôt j'imaginais Johann vivant heureux au Japon avec Samuel, tantôt mort après avoir joui une dernière fois grâce au corps d'un inconnu, dans un de ces lieux faits pour se perdre qu'il devait connaître mieux que moi. Je me sentais le droit de lui dire ce genre de choses, nous avons fini par être vraiment libres l'un avec l'autre, et notre relation se trouve délestée du poids qui pèse souvent sur les pères et les fils à parts égales, tout en m'offrant les joies d'une sorte de paternité indirecte, il a ri quand je lui ai avoué ce sentiment et j'en ai profité pour revenir sur la discussion que nous avions eue la veille de son départ pour Paris après laquelle il m'avait fallu du temps pour comprendre que la biologie nous joue certes des tours, mais que nos vies sont bien plus riches que les règles qu'elles nous imposent, et que j'allais par conséquent renoncer à savoir si ce petit garçon entr'aperçu dans la rue pouvait être le mien, et quand Émile a simplement répondu « Je crois que tu as raison », un chapitre de ma vie s'est refermé en douceur, et je sais maintenant avec certitude qu'il ne faudra pas le rouvrir, même si c'était bien Madeleine que j'ai vue sur la Via Dolorosa, mais l'heure tourne et je dois me lever pour aller au bout de ce long couloir et trouver ma salle d'embarquement, je regrette presque de ne pas pouvoir prolonger ce voyage, quelle ironie, ne serait-ce que pour avoir plus de *choses vues* à raconter à Émile. Dire qu'il aura fallu attendre le tout dernier jour de ce périple pour me sentir un peu plus apaisé, après l'apparition de Madeleine, je l'ai cherchée en vieille ville, au marché, à Massada et surtout en Galilée, où je m'attendais à croiser son groupe de pèlerins, son port de tête altier la distinguant des autres, mais hier soir au restaurant, après cette belle journée dans les rues de Tel-Aviv, il a suffi que j'entende cet air de Bloch pour violoncelle, j'ignore si ça venait d'un appartement voisin ou de la synagogue d'en face, en tout cas ce n'était pas un simple amateur comme moi qui jouait, et comment ne pas encore penser à Johann, qui m'a fait connaître ce morceau, comme presque toute la littérature pour violoncelle du reste, et ce souvenir n'était plus douloureux, je repensais à cet unique concert en l'église de Saint-Robert, et le fait de l'avoir entendu jouer et de l'avoir connu me paraissait tout d'un coup plus important que de l'avoir perdu, un peu comme Johann lui-même me disait que je ne serais pas trop malheureux tant que le fait d'avoir rencontré Madeleine pèserait plus lourd que de l'avoir perdue, je me suis exercé pendant plus de vingt-cinq ans à mettre cette maxime en pratique et tant que je vivais à Bar-sur-Aube entouré de mes livres et conforté par mon violoncelle cela m'a permis de tenir et peut-être même d'être heureux, qui sait, quoi de plus incertain que la définition du bonheur, il est avéré en revanche que le port de Sète et la vieille ville de Jérusalem ont mis ma résolution à rude épreuve, un peu comme si Madeleine devait rester un souvenir, une présence lointaine, comme s'il fallait respecter cette distance qu'elle a voulue, j'ai un peu plus de cinquante ans et il est sans doute temps de faire cesser cette illusion, nous n'étions peut-être pas faits pour vivre ensemble, ce n'est pas parce que je l'ai aimée, parce qu'elle comblait la solitude qui me paralysait depuis tant d'années déjà lorsqu'elle est apparue avec ses deux places pour *Hair* et son envie de sexe, que je ne peux pas être heureux autrement, et peu importe si elle m'a aimé en retour ou pas, elle m'a comblé, pendant ces trois semaines, avec son corps, son rire, sa poésie et son tourne-disque, et cela doit suffire maintenant, et même si je devais la croiser ici et maintenant, flanquée de son fils de vingt-cinq ans – après son apparition à Jérusalem je me dis que plus rien n'est impossible – et s'ils avaient des billets pour le même vol retour que moi, je pense que je saurais faire face, d'une manière ou d'une autre. Mais cela n'arrivera pas et j'ignore seulement pourquoi Émile a dû m'envoyer si loin et me jeter dans ce pays qui semble contenir en lui-même tous les paradoxes, ce séjour a d'abord semé une terrible confusion dans mon esprit, mais au bout du chemin je ressens une forme de quiétude que je ne me connaissais pas, tout à l'heure en montant dans le taxi pour l'aéroport j'eus soudain cette pensée : *une vie peut contenir des contradictions autant qu'un pays, non ?* car ici on en trouve certainement plus qu'il n'en faut, alors je me dis que tant de choses sont encore possibles pour moi, si seulement on ne marchait pas pendant des kilomètres dans cet aéroport j'arriverais peut-être à réfléchir un peu mieux, les couloirs sont vitrés et les plafonds bas, alors que notre tête est encore ailleurs, et pourquoi cette frénésie des achats, existe-t-il un parfum vaporisé par les bouches d'aération qui pousse les voyageurs à se précipiter dans toutes ces boutiques alignées le long des tapis roulants, quel est le signal subliminal qui nous fait oublier que nous sommes là juste pour attraper un vol, un avion qui nous attend au bout de ce périple interminable, ou plutôt non, on n'a pas baptisé ces bâtiments « terminaux » pour rien, voilà le mien, avec la salle d'embarquement au bout, si j'ai bien compris, C20, fin du voyage ou presque, mais Émile sera à Orly pour m'accueillir et me ramener à Bar-sur-Aube, quel vertige de se dire qu'on passe de la plage de Tel-Aviv-la-Blanche aux collines de la Champagne pouilleuse en moins de huit heures, mais j'ai conscience tout à coup que rien n'est terminé pour moi, bien au contraire, d'ailleurs je suis à peine plus âgé qu'Israël, j'ai hâte de retrouver ma librairie et mon violoncelle, la voie est ouverte si seulement je décide de l'emprunter, exactement comme avec la *Cinquième Suite* de Bach, dont certains disent qu'elle exprime la solitude absolue comme aucun autre morceau de musique, mais que la jouer revient à la vaincre, et si c'est vrai il est temps d'ouvrir cette partition que j'ai toujours jugée hors d'atteinte, si on participe à la beauté du monde en jouant, alors le moment est venu de faire résonner cette *Suite en do mineur*, ma résolution est prise.

Note de l'auteur

Mes chaleureux remerciements vont à Marc Coppey, Christophe Bigot et Sylvain Moulène qui m'ont fourni des renseignements précieux.

Et à Jean-Mathieu, bien sûr, sans qui rien n'est possible.

La courte citation tirée de *La Montagne magique* de Thomas Mann apparaît ici dans la traduction de Claire de Oliveira publiée par Fayard en 2016 – et ce malgré son caractère anachronique – pour rendre hommage à la traductrice.

Toutes mes excuses vont aux Baralbins, car la belle librairie de Robert Stobetzky n'a malheureusement jamais existé à Bar-sur-Aube.

CATALOGUE

159. MARIE RICHEUX
Climats de France
160. EKA KURNIAWAN
Les Belles de Halimunda
161. TARIQ ALI
Les Dilemmes de Lénine
162. MICHEL RIO
Le Chat, l'Ankou et le Maori
163. CLARENCE BOULAY
Tristan
164. YANICK LAHENS
Douces déroutes
165. CATHERINE SIMON
Mangées
166. MARC ALEXANDRE OHO BAMBE
Diên Biên Phù
167. EDNA O'BRIEN
Tu ne tueras point
168. JEAN MATTERN
Le Bleu du lac

169. TIFFANY TAVERNIER
Roissy

170. CONOR O'CALLAGHAN
Rien d'autre sur terre

171. VINCENT BOREL
La Vigne écarlate

172. MICHÈLE LESBRE
Rendez-vous à Parme

173. LÉONOR DE RECONDO
Manifesto

174. SERGE MESTRE
Regarder

175. CHRISTINE DE MAZIÈRES
Trois jours à Berlin

176. YANICK LAHENS
L'oiseau Parker dans la nuit et autres nouvelles

177. EKA KURNIAWAN
Cash

178. FIONA KIDMAN
Comme au cinéma

179. LOUIS-PHILIPPE DALEMBERT
Mur Méditerranée

180. JEAN MATTERN
Une vue exceptionnelle

181. EDNA O'BRIEN
Girl

182. MICHEL RIO
Les chéris de la princesse

184. ROBERT SEETHALER
Le Champ

185. MARION RICHEZ
Chicago

186. CATHERINE MAVRIKAKIS
L'Annexe

187. CATHERINE MAVRIKAKIS
Deuils cannibales et mélancoliques

188. CHRISTINE DE MAZIÈRES
Route des Balkans

189. MICHÈLE LESBRE
Tableau noir

190. DIMA ABDALLAH
Mauvaises herbes

191. DIANE MEUR
Sous le ciel des hommes

192. TIFFANY TAVERNIER
L'ami

193. FIONA KIDMAN
Albert Black

194. CLAIRE KEEGAN
Ce genre de petites choses

195. BEYROUK
Parias

196. JEAN MATTERN
Suite en do mineur

197. EDNA O'BRIEN
James & Nora

ACHEVÉ D'IMPRIMER
EN JANVIER 2021
SUR LES PRESSES
DE
L'IMPRIMERIE F. PAILLART
À ABBEVILLE
POUR LE COMPTE
DE SABINE WESPIESER ÉDITEUR

IMPRIMÉ EN FRANCE

NUMÉRO D'ÉDITEUR : 196
ISBN : 978-2-84805-394-3
DÉPÔT LÉGAL : MARS 2021